もふもふを
vol.6
知らなかったら人生の半分は
無駄にしていた

ラキ
ユータと同部屋の同級生。ユータとタクトのまとめ&ツッコミ役。冒険よりも素材に興味があり、加工師を目指している。
シロ
ユータによって召喚された白銀の犬(?)。優しい性格で、ハンバーグが大好物。
モモ
ユータが召喚したフラッフィースライムで、召喚獣たちのお姉さん的存在。
タクト
元気で子どもらしく、戦いや冒険が好きなユータの同級生。カロルス様に憧れていて、Aランクの剣士を目指している。
ユータ
日本の田舎から異世界に転生した少年。領主であるカロルスに助けられ、ロクサレン家の子どもとして生活している。

謎の女
悪の組織のアジトで子どもたちを
洗脳している女。相当な使い手。
黒髪の男
突如現われた野性的な美丈夫。
ユータとの関連は……？
ミック
謎の組織に攫われた少年。
ミーナ
悪の組織のアジトに軟禁されて
いる少女。

CONTENTS

もふもふを知らなかったら人生の半分は無駄にしていた

vol. 6

ひつじのはね

イラスト
戸部淑

1章　3人でランクアップ！

「そろそろかな……もう帰ってくるよね？」

『そうね、だからそろそろそれをやめたらどう？　何回出しても同じよ？』

モモの呆《あき》れ声に、繰り返していたらしい収納品の出し入れを止めて顔を上げた。

数日前に王都を出るという連絡を受け、順調であれば今日エリーシャ様たちが帰ってくる。

それならお出迎えしようと、オレは朝からロクサレンでスタンバイしている次第だ。

「きゅーっ！」

ぽんと突如目の前に現れた真っ白な毛玉が、体当たりする勢いでオレの顔に貼りついた。

「わあ！　ラピス、おかえり！　お疲れ様～！」

ふわふわと柔らかな毛並み、小さな四肢《しし》がしがみつく感触。小さくてもしっかりと温かい毛玉を両手で包み込み、オレも顔をすりつけた。ちょくちょく報告に来てくれていたけれど、随《ずい》分《ぶん》久しぶりな気がする。

どうやらエリーシャ様たちがロクサレン領に入ったらしく、一足先に戻ってきたそう。

「王都はどうだった？　道中も問題なかったかな？」

──王都は、人がいっぱいで、大きな建物もいっぱいあるの！　楽しかったの！　帰り道で盗賊《とうぞく》が出たけど、エリーシャさんとしつじさんがいるから、ちょっと可哀想《かわいそう》だったの。

そ、そう。盗賊さんたち、あの馬車を狙うなんてチャレンジャーとしか言いようがない。

遠く離れた土地で頑張ってくれたラピスに、感謝を込めて丁寧《ていねい》なブラッシングをする。幻獣《げんじゅう》店《てん》で手に入れた、おもちゃみたいなブラシ。頭部分をブラッシングするたび、大きなお耳がぺたんこになるのが面白い。もっふりしっぽも念入りにね。そうっとしっぽの先からほぐすようにブラシをかけていくと、ふわふわしっぽがさらにボリューミーになって、たんぽぽの綿毛のようにひときわ柔らかくなった。

「ラピス、ふわふわになったね～！　気持ちいい！」

柔らかな手触りを楽しみながら、手のひらでころころとラピスを転がせて遊ぶと、ラピスはきゃっきゃと喜んだ。

「ユータちゃーん！　セデスちゃーん！　ただいまー!!」

ばぁん！　玄関扉を開け放って大声を上げるのは、もちろんエリーシャ様。なんでオレがいるって分かったんだろう？　ぱたぱたと走りながら、自然と顔が綻《ほころ》んだ。

「エリーシャ様！　おかえり～！」

ばふっと一足飛びに飛びついたら、軽々と持ち上げられてすりすりしてくれる。エリーシャ様のほっぺは、カロルス様と違ってすべすべだ。

「んん～これこれ！　すべすべもちもち！　この感触、堪《たま》らないわ!!」

どうやらオレのほっぺもすべすべらしい……まだまだ子ども肌だなぁ。

「執事さん！　おかえりー！」

続いて執事さんにも抱っこしてもらって、ぎゅっとはしてくれない彼に、オレが代わりにぎゅうっとする。

「……ただいま戻りました。お変わりございませんか？」

執事さんが優しい顔だ。道中の盗賊も、なんてことはなかったんだろう。

「ふふ、ユータちゃん、ラピスをこっちに寄越《よこ》していたでしょう？　あとね、ビックリすることがあったのよ？　ユータちゃんが口添えしてくれた……ってわけじゃないのよね？」

口添え？　きょとんとするオレを見て、エリーシャ様はどこか納得した顔をしている。それにしても、ラピスがついていってたのバレてたんだ……さすがだね。

「おう、おかえり。苦労かけたな！　それで、どうだった？」

「お疲れ様～！　その様子だといい結果……かな？」

カロルス様とセデス兄さんに問われ、エリーシャ様はにっこりと満面の笑みを作った。

「あとで話すわね！　とりあえず休憩よ～久しぶりの長旅は疲れたわ！」

「エリーシャ様、お風呂準備できてるよ！」

ラピス部隊のおかげで、おおよその到着時間が分かるから、色々準備しておいたんだ。いそいそと向かったエリーシャ様を見送って、オレは準備しておいた軽食を仕上げよう。

「お前……珍しく館で何かしてると思ったら……」

「僕、こんな奥さんが欲しいな……」

２人の呟《つぶや》きを背に、オレは忙しく厨房《ちゅうぼう》へ向かった。


「か、かわいいー!!」

お風呂で寛《くつろ》いだあと、エリーシャ様は並べられた軽食に目を輝かせた。紅茶を飲みながらお話するのだろうと思ったので、エリーシャ様が喜んでくれそうなものを用意したんだ。

「これを……食べてしまうと言うのですかーっ!?　ダメです！　そんなこと!!」

ただ、かわいいもの好きのマリーさんが、目を爛々《らんらん》とさせて軽食を守り抜こうとしているのは誤算だったけど……。今回作ったのはカナッペ。一口大に薄くスライスして、カリッと焼いたパンに、色とりどりな具材を載《の》せてある。簡単だけど、華やかだよね！

「えっと……マリーさんもどうぞ？　せっかくなので、食べてね？」

「ああ、そんな……。こんなかわいいものを食べるだなんて……」

「でも、食べなきゃカビが生えちゃうだけだよ？」

「それはダメです！　許しません!!」

意を決したマリーさんは、華奢《きゃしゃ》な指でそっと摘《つ》まむと、うっとり眺《なが》め始めた。手を出せなかったカロルス様とセデス兄さんも、これ幸いと両手でひとつずつ取っていく。そんなにがつがつ食べるモノじゃないから！　これ、軽食だよ？　そんなに食べたら晩ごはん――食べられなくなったりはしないか。

「――で、どうだったんだ？」

次はどれを食べようかと忙しく目線を彷徨《さまよ》わせながら、カロルス様が尋ねる。

「まず、天使教については問題なさそうよ。元々冒険者たちの中で広まった噂が発端だし、たまたまここに遺跡があっただけだから、私たちが関与したわけではない……ってことになってるわ」

「僕たちの関与しかないけどね。いや、ユータの関与か」

う……何もハッキリ告げなかったのに、どうしてこう次々バレてしまうのだろうか。

「ふむ、それで、やはりヴァンパイア関連の方は難しいか？　いきなり危害を加えようなんて輩《やから》はいたか？　この機会にぼちぼちでも受け入れる器が広がっていくといいと思ったが……」

「いいえ！　大成功よ。なんたって、『妖精の導き』があったもの！」

「なんだと!?　まさか……!!」

一斉にオレに視線が集まった。何？　どういうこと？

「ユータちゃんのおかげではあるけど……多分、ユータちゃんが仕込んだのではないのよね？」

「――？　妖精の導きってなに？」

「この国にはね、そういう伝説が色々と残っているのよ。妖精の話を聞ける王様が、助言を得て災害に立ち向かったり、国の分岐点となるような出来事があった時に、妖精の光に導かれたり。『ゆうしゃのおはなし』にも出てきたでしょう？」

困惑顔のオレに、エリーシャ様が説明してくれた。確かに、勇者に助言をくれるのはいつも妖精だったっけ。妖精って結構重要なポジションにいるんだな……。

「そもそも、この国の王様は妖精と関わりが深いのよ。妖精を見ることができて、話ができる初代国王様が建てた国だから」

「そうなんだ……あ！　もしかしてチル爺《じい》たちが!?」

――そうなの。ラピスがお話しに行ったら、来てくれるって言ったの。

チル爺たち、ありがとう……!!　知らぬうちに手を貸してくれていたことに胸が熱くなる。

「じゃあ、王様は妖精を見て決断してくれたの？」

「そうね！　威張り散らしてた反対派のちんまりした姿、見せてあげたかったわ！」

よかった……チル爺たちのおかげで、流血沙汰《ざた》なく物事が進んだようだ。

「あとは調査や対話のために、ヴァンパイアたちに許可をもらわないといけないんだけど……」

「でも、あそこは隠れ里だよ？　調査に行くのは無理じゃないかな。こっちに来てもらったらダメ？　こっちで生活したい人がいないか聞いてみる？」

「そうね……調査団も、いきなりヴァンパイアの里に転移するのは尻込みするでしょうし」

「ユータ、お前に色々と負担がかかるが……大丈夫か？」

「うん！　だってオレがお願いしたんだもの」

色々と変わっていくのはエネルギーのいることだけど、きっとプラスの方向に進んでいる。

ドキドキし始めた胸を押さえ、オレはにっこり笑った。


「ユータ、ご機嫌だね～」

「そう？　うまくいったことがあったからね！」

どうやらボロボロになったタクトを回復しつつ、にこにこしていたらしい。

「よっしゃ！　タクトふっかーーつ！　行くぜー!!」

——いい心意気なの！　みごころがあるの！

鬼教官、どこかで聞きかじった台詞《せりふ》を使っているらしい。多分、「見所」って言いたいのだろう。タクトは意外と努力家だ……こと剣術に関しては。鬼教官との相性は抜群で、容赦《ようしゃ》ないしごきに見ているこっちが辛《つら》くなる。ただ、おかげでタクトは見違えるほど強くなっていた。

「次、ユータ！　やろうぜ！」

「タクト、元気だね……」

口は元気だけど、やろうぜって……横たわった人が言う台詞じゃないと思うよ。仕方なくまた回復して、今度はオレと対戦を行った。

「くっっっそぉ！　やっぱ当たらねえっ!!」

オレは避《よ》けるの得意だもの！　そうそう当たらない、よっ！　振るわれた剣を避けざまに腕を掴《つか》むと、そこを支点にダンスのようにするりと懐《ふところ》へ飛び込んだ。

「はい、勝負あり～」

ラキの審判で突きつけた得物を戻すと、タクトがばたりと仰向けにひっくり返った。

「あ――あ。全然じゃん……俺、強くなってんのかな……」

「タクトは強くなってるよ！　新米兵士さんと戦ったら勝てるよ！」

「ちぇ……まだ新米兵士か……」

でも、オレが知ってる新米さんはロクサレンの兵士だから、多分強い方だよ？

「俺、お前たちを守る立場のはずなのに……」

「ユータは1人パーティだから、タクトが守るのは僕だけでいいんだよ～」

「お……そうか！　なるほどな！」

納得するタクトに少し頬《ほお》を膨《ふく》らませた。そうかもしれないけど、オレだってパーティの1人だよ！


オレたちはいよいよ依頼ポイント数もランクアップ目前となり、現在秘密基地で特訓に勤《いそ》しんでいる。総仕上げと調整期間ってところだ。

「ほら、ファイアならこのくらい～」

ラキが杖《つえ》を持ってぶつぶつ唱《とな》えると、たき火くらいの炎が上がった。そう、オレは試験で変に注目を浴びすぎないよう、ちょうどいい魔法の特訓だ！

オレも杖を構えると、ぶつぶつ唱えてみせる。

「ぎおんしょうじゃのかねのこえ、しょぎょうむじょうのひびきありっ！」

ぼうっ！　っと、ちょうどいいくらいの炎が上がった。よし！　このくらい、だね！

「うん、いい感じだね～！　なんて言ってるのかすごく気になるけど～」

「お、オレの国の呪文《じゅもん》だから！」

不必要なのに色々な種類の呪文を覚えるのは大変すぎる！　外国の呪文ってことで誤魔化《ごまか》そう作戦だ。疑わしげな視線から目を逸《そ》らして、今度は1人で奮闘しているタクトを見やる。タクトは魔法剣士に憧《あこが》れて頑張っているのだけど……なかなかうまくはいってないようだ。

「せっかく魔力増えてるのに……なんで使えねえんだ」

エビの召喚《しょうかん》で日々魔力を浪費《ろうひ》しているおかげで、タクトは順調に魔力量が伸びている。ただ、普通に魔法を使うのは、なんていうか……下手なんだ。だからこその魔法剣士らしいけど。

「纏《まと》う炎！　火の精霊の御名《みな》において、魔力を捧げん！」

呪文を唱えて発動させるのは魔法と同じだもんね……タクトはその辺りが不器用だから、やっぱり正規の呪文を使うのは難しいんじゃないかな？　大人になってイメージ力がしっかりしたらできるかもしれないけど。

「タクト、1回呪文なしでやってみて？」

「何言ってんだよ……呪文なかったらできねーよ！」

「できるよ！　単に剣に魔力を纏わせたらいいだけだもん」

魔法剣っていうのは、カロルス様たち上位の剣士が使う剣技の初歩みたいなものだ。カロルス様たちは無意識に周囲の魔素《まそ》を使っているけど、魔法剣はごく普通に自分の魔力を使って魔法を纏わせている。攻撃魔法として使えるほどの魔力を持たない剣士が、魔法を纏わせて直接斬ることで、斬撃《ざんげき》＋αの効果を狙っているみたいだね。

「そんなこと言われても……どうしたらいいか全然分かんねえ」

途方に暮れるタクト。うーん、感覚を伝えるのは難しい。

「じゃあ、タクトの腕を通してやってみるから……しっかり感覚掴んでね？」

「やってみるってお前……できんの？」

「さあ？　多分できるんじゃない？」

「お～ま～え～なぁ！」

だって、魔法とほぼ同じだもの。有無を言わさず、タクトの右手を取って、すうっと剣の先まで魔力を通す。炎は危ないし、風ぐらいがちょうどいいかな？　そのまま軽く風の魔法を纏わせると、刀身に沿って渦巻くような風が出現した。

「う……わ……、やりやがった。これが、魔法剣……」

「やっぱりユータは、魔法剣の授業を受けないで正解だね～」

感動の面持《おもも》ちで剣を眺めるタクト。ラキの視線が生ぬるいのは気にしないことにした。

「どう？　分かりそう？」

「ああ、剣にしゅーっとしてぶわーってするんだな！　ちょっと分かったぜ！」

あ、そう……。まあ、本人が分かっているならいっか。

タクトは『しゅーっとして、ぼうっ！』って呟きながら練習に入ったようだ。ねえそれ、察するに炎を纏わせようとしてない？　もっと離れてやってね……？

タクトが離れて練習する間、オレとラキもそれぞれ練習する。ラキは最近小さな指輪なんかも加工できるようになって、パーティでお揃《そろ》いのアクセサリーとか作ろうって話もしているんだ！　チームメンバーっぽくていいよね！

『ユータ、最近はお外行かないの？　またお肉食べに行こう？』

退屈したのか、シロが鼻先でぐいぐいとオレの脇腹をつつく。お外でバーベキュー、楽しかったもんね！　高級肉にするとみんな食べすぎるし、普通のお肉でやるのもいいかもね！

「シロ、お外はお肉を食べに行くところじゃないからね～？　お外で料理するのは本当は危ないんだよ～？」

『そうなの⁉　じゃあ……ぼく、ガマンする。でも、もし……もしユータがお外で作る時は、ぼくがちゃんと側《そば》で守るからね！』

へたりとしっぽを垂《た》らしたかと思えば、フンス！　と顔を上げた。頼もしい限りだよ、フェンリルの護衛！　うん、頼もしい限りだよ……。

「うおおお!!　できたっ!!　見ろーできたぞっ!!」

突如響き渡ったタクトの大声に、オレとラキが飛び上がった。

「ほらっ！　ほらーっ‼　すげーだろ‼　サンキューエビビ‼」

「わ、ホントだね～！　それは……水～？」

「水を纏ったんだね！　すごーい‼」

タクトが振り回す剣は、確かにうっすらと水を纏い、オレの目にはごくわずかに発光して見えた。

「色々やってたらさ、エビビがなんか言ってる気がして。エビビのこと考えながら、しゅぱーってやったらできたんだ‼」

全然分かんないけど、とりあえずよかったね‼　エビビは完全に水の召喚獣だもの、サポートしてくれたんだろうか？　……エビが？

「でもやっぱ火だよな！　火ができるまで練習するぜ‼」

タクト的には魔法剣といえば火らしい。確かに見た目はカッコイイもんね！

「ゆくゆくは炎の剣、タクトって呼ばれるんだー‼」

タクトの目標は常に高いところにある……。諦《あきら》めずに特訓に勤しむタクトに、オレたちは顔を見合わせて笑った。

◆◇◆◇◆

オレは街中のお仕事なら大体なんでもこなせるし、白犬の配達屋さんが大人気だ。そしてラキも加工師としての依頼があるから、そっちで数をこなせている。持ち帰って都合のいい時間に仕事できるし、丁寧な仕事っぷりでなかなか注目を浴びているみたい。オレたち2人、ランクアップは既に目前だ。

で、タクトはと言うと――。

「た～の～む～!!　一緒にやってくれー！」

ギルドの中で、オレに縋《すが》りついて頼み込んでいた。

「それはいいけど……ポイント稼ぐ効率は一緒にやった方が落ちるんじゃない？」

「それでも俺1人よりはずーーっと効率いいんだよォ!!」

確かにオレはシロやラピス部隊がいるから、ズルしてるようなもんだ。ラキに言わせれば、召喚士や従魔術士なんだから、自分の能力の一部だってことになるらしいけど。

「だってよ、俺には加工師の才能ないし、お前みたいに便利な乗り物も従魔もいないし。俺は至って普通の人間なんだよ!!　そんなぽんぽん依頼こなせねーよ!!　頼む！　俺だけ置いていかないで！　剣術頑張るからぁー！」

オレたちがもうランクアップに至ることを知り、こうして泣きつかれている次第だ。

「うーん、タクトは効率よくランクアップできる依頼を選ばないといけないよね〜。受付さんに相談してみる〜？」

「はーいはいはいっ！　なーに？　今相談って言ったかしら？　言ったわよね？」

シャッ！　と登場したジョージさんに、３人はきれいに揃ってぶんぶんと首を振った。

「うふっ！　そんな遠慮しなくっていいのよぉ！」

ジョージさんはちっとも取り合わない。不用意な発言をしたラキに、恨《うら》めしげな視線が刺さった。でも案外ラキはジョージさん平気なんだよ。

「ジョージさん、あのね〜タクトがなかなかポイント稼げないから、効率よくランクアップするための依頼、選んで欲しくって〜」

「まあ！　ラキ君ってば、しっかり者ねえ！　さすがギルド期待の加工師ね。んー、タクト君も十分すごいのだけど――」

「そ、そうだろ⁉　俺けっこう頑張って……」

「――でもユータちゃんたちが規格外のスピードでポイント稼いでるからね〜！　確かに今のままじゃ２人が先にランクアップしちゃうわね」

ガクリ。一番ランクアップしたがっているのがタクトなだけに、その落胆は推《お》して知るべし。

「オレたちもお手伝いするから！　ランクアップのために効率よく依頼を組んでもらうことっ

てできるの？」

「うふふっ！　ユータちゃんは受付の正しい使い方を知ってるわね！　もちろんよ！　私たち専門家に任せなさいっ！　……ただ、パーティで受けたら、ユータちゃんたちにもポイントが入るんだから、どっちにしても差は開くわよ？」

「ぐはっっ!?」

「で、でも本登録には試験があるでしょう？　タクトが追いつくまで待ってるよ」

「うん、別に僕は本登録を急いでるわけじゃないしね～。タクトさえ追いついたら目標達成できそうだし～。まあ、追いつかないなら僕たちだけ先にランクアップしようかな～？」

　哀れなタクトは捨てられた子犬のような瞳をしている……。

『タクト、大丈夫！　ぼくと一緒に配達屋さんしたらいいよ！　ぼく、ちゃんとお手伝いできるよ！　一緒にやろう？　ね？』

「ううっ、シロ……お前だけだぁ――!!」

　シロに慰《なぐさ》めてもらっているタクトは放っておいて、さっそくこなすべきノルマ……もとい依頼をリストアップしてもらった。

「うーんと、こんなもんね！　タクトくんは、こういう系の依頼を指定の数だけこなせば、ランクアップできるわ」

やたらとイラストや模様が描かれたファンシーな表には、分かりやすく依頼のリストアップがされていた。ただ、意味ありげな横のイラストはなんだろう？

「ジョージさん、これなあに？」

「あっ、これはね、ユータちゃんたちにも必要な依頼の目印よ！」

なんと！　ジョージさん、さすがサブギルドマスター!!　なんてできる人なんだ。頼んだこと以上の仕事ができるおと……女？

「それって～こっちの羽根のマークがユータで、宝石マークが僕～？」

「そう！　かわいいでしょ？」

かわいいけど……これ持つの男３人なんですけど。甘々ファンシーな表を受け取ると、復活してきたタクトと本日の依頼を検討する。

「うう……外に出る依頼がひとつもない……」

「そりゃそうだよ～元々薬草ぐらいしかないのに、あれだけ達成しちゃったら、もう不要でしょ～！」

「街の依頼も楽しいよ！　あちこち知らなかった場所も発見できるんだよ！」

不満そうなタクトを連れて、とりあえずオレたち３人に共通して必要な項目から片付けていくことに決まった。

「じゃあ、今日はお掃除デーだね！」

本日のお仕事は、売家のお掃除！　売りに出すから家一軒丸ごときれいにしてくれってことらしい。期限は1週間！　パーティ向けの依頼だね。

「掃除かあ……気分乗らねえなぁ」

「タクトは外の依頼以外、どれもノってないじゃない～」

依頼を受けたお家《うち》は、日本の一般住宅くらいの大きさで、小さな庭も付いていた。

「僕とタクトは中を掃除するから～、ユータはお外をしてくれる～？　中でユータが暴れたら危ない気がするから～」

「暴れないよ！」

どうだか……そんな胡乱《うろん》げな視線を向けられて、オレは頬を膨らませる。いいですよー！ちゃーんとお外をピカピカにして、ビックリさせるんだから！

オレは、お家の前でやる気を漲《みなぎ》らせて腕組みをした。ふむ、売り物になるんだもんね、まずは外壁をきれいにしなきゃ！　それなら、やっぱり高圧洗浄だよね！　これは水魔法の応用だから簡単だ。

「よーし！　お掃除を簡単楽ちんに！　高圧洗浄～！」

ホースを持っているつもりで伸ばした手から、勢いよく水が噴出する！

ドドドドォ――――ボコォ！

「わわわっ⁉」

マズイ！　強すぎる水圧は、この世界の建物にはまだ荷が重かったようだ。見事に穴の開いた壁を見つめて途方に暮れた。

「穴開けちゃった……怒られるよね……」

しょんぼりするオレを見かねて、モモがぽむぽむ肩で跳《は》ねた。

『まったくもう、加減ってものがあるでしょう。反省するのよ？　で、あなたは土魔法が得意なんでしょう？　この壁は見たところ……』

そうか！　それならオレの土魔法で再現できるんじゃないだろうか！

「モモ、ありがとう～！」

さっそく壁に手を当てて土魔法を発動――よし！　なんなく塞《ふさ》げた。……でも、なんだかここだけぴかぴかの壁になって不自然に見える。それならいっそ、全部を新しい外壁にしてあげよう！　お掃除するよりそっちの方が早いし！

さて、外壁をきれいにしたら、次はお庭かな。伸び放題の草を刈って、崩れた花壇や敷石を整えればオーケーだろう。

『お庭の草刈り、ぼくできる！　魔法で草刈りおてつだいする！』

手伝いたくてうずうずしていたシロが、ぴょんぴょん跳ねて立候補した。で、でも……。

『あなた、まだ魔法を使い慣れないでしょう？　塀《へい》や家を壊しそうだわ……』

『ぼく、できると思うんだけど……』

そう言いつつ、ふさふさしっぽがしょーんと垂れて、自信なさげに揺れる。

『仕方ないわねぇ……最近のモモ姉さんの秘密兵器を披露《ひろう》しちゃおうかしら？』

珍しく得意げなモモが、シールドを展開した。

「あっ！　モモ、シールドの形変えられるようになったんだ！」

『うふふ～そう！　そうなの！　モモ姉さんもしっかり努力しているのよ？』

まふまふと嬉《うれ》しげに揺れるモモ。そのシールドは、塀と家屋に沿うようにぴたりと張りついていた。

「これならシロが魔法使っても大丈夫だね！」

『ええ……でも、フェンリルの魔法をどこまで止められるか分からないわ。シロ、直接シールドに魔法ぶつけたりしたら承知しないから！』

『えぇー、うん……がんばるよ！』

さて、草刈りは任せて、オレは乱れた花壇の崩れかけた石を魔法で直す。敷石も所々割れたのがあるし、面倒だ！　新調しちゃえ！

「ユータ、そっちはど……」

次第に夢中になっていたら、ラキが庭へ出てきていた。

「あ、こっちは大体終わりだよ！　キレイになったでしょう？」

ラキは、しばし硬直したあと、ふーっと深いため息を吐《つ》いた。

「ユータ、お掃除ってさ……そこにあるものをきれいにするってことなんだ～」

「うん、そうだね？」

ラキの真意をはかりかねて、オレは首を傾《かし》げて頷《うなず》いた。

「――で、質問なんだけど～。ユータがきれいにしたものって何～？　僕、不思議なことに、見覚えのあるものがひとつもないな～」

「あ……えっと……土はそのままだよ？」

え、えへへ……笑って誤魔化すオレに、ラキはじっとりとした視線を突き刺した。おかしいな、もしかして……オレ、お掃除してない？

＊＊＊＊＊

「ふー、家の中の掃除だけなら、父ちゃんとやる大掃除と変わらねえもんな！　こんなもんだろ。俺が足引っ張ってんなら頑張らねーとな！」

タクトは、案外真剣に考えていたようだ。ざっとホコリを除いて、水拭《ぶ》きを終えて一息吐いた。家具は概《おお》ね撤去されているので、室内の清掃はさほど時間を要しなかった。……なぜか一部、水浸しになった部屋があったくらいで。

「そういえばラキのやつ、ユータの様子を見に行くって……何やってんだ？」

そういえば途中からラキが出ていったきりな気がする。サボってはいないだろう……俺じゃあるまいし。きれいになった室内に満足して、タクトは2人と合流しようと玄関へ向かった。

「な……なんじゃこりゃ⁉　おい、ラキまで何やってんの⁉」

「ハッ⁉　僕は一体何を……？」

顔を上げたラキが、呆然《ぼうぜん》と自分の両手を見つめた。――そんな……僕はただ、ユータのやらかしを止めようと――再び顔を上げて庭を見回し、ラキはそっとタクトの視線から目を逸らした。

「あー。えへへ、きれいには……なったでしょ？」

えへへっと肩をすくめて誤魔化すユータを横目に、タクトは目の前に広がる庭……いや、庭園に目をやった。

美しく整備された敷石が優美な曲線を描いて庭を横切り、小道の脇にはやたらと手の込んだ小ぶりの石像。幾何学的なデザインで組まれた花壇は、花こそないものの、それだけで美しい。

片隅にはベンチとテーブルまでセッティングされていた。

「平民の家だったじゃねえか……。これ、どこの貴族の家だよ……」

「だって……」

お互いをちらりと窺《うかが》う2人。ラキは、加工師としての本領を存分に発揮してしまったようだ。

……ユータは通常営業だけれど。

「どーーすんだよこれ⁉」

「ま、まあ、きれいにはなったからさ！」

「う、うん！　サービスがちょっと過剰になっちゃった、そう、ただそれだけ～」

えへへ、ふふふ、と笑う2人に胡乱げな目を向けて、珍しくタクトが頭を抱えた。

＊＊＊＊＊

「あ、あのー、ジョージさん？」

「あらっ、おかえり！　お掃除の進行具合はどう？　大変だったかしら？」

「そのことなんだけど～」

もじもじと言いよどむオレたちに、ジョージさんは頬を緩《ゆる》めながら首を傾げた。

「何かトラブル？」

「えっとね、割れてる石とかあったから、色々と新しくしちゃったんだけど……前の庭と変わってたら怒られる？」

「で、でもさ、前の庭よりグレードアップしてるぜ!?」

ジョージさんはう――んと難しい顔をした。

「あれは売るものだから、新しくなってるなら文句は言われないと思うわよ？　ただ、勝手に交換しても追加の報酬《ほうしゅう》はもらえないから、その分損になっちゃうわ」

「そ、そんなのいいよ～！　加工師として見逃せなかっただけ～！」

「ははーん。なるほどね、ラキくんが張り切って色々サービスしちゃった感じ？」

「ぼ、僕だけじゃないよ～！　ユータもだよ～！」

「お、オレもやったけど、敷石とか壁とか目立たないところだもん！」

必死に言い訳するオレたちに、ジョージさんは微笑《ほほえ》ましそうな顔をした。

「まあ、前よりよくなっていれば文句は言われないし、仮登録者向けの格安依頼だもの、ある程度は許容してもらうよう言ってあるはずだから！」

それを聞いてホッと胸を撫《な》で下ろした。プチ貴族のお家となったアレ、売れるかなぁ……前より豪華にはなったと思うけど。

既にお掃除は終わったけど、あんまり早すぎるのも怪しまれるだろうと、オレたちは他の依頼をこなしつつ、５日後に報告することにした。


「いいなーユータ、シロすげー優秀！　うちのエビビもなんか得意なことないかなぁ……。エビビ、何もできないんだよな」

そりゃそうでしょう、エビだもの……。ただ、水槽からは異議あり！　と言いたげなピチピチ音がした。意外と自己主張するエビだ。

今日はシロに２人乗りして、失《う》せ物探しの依頼をこなした。こういう依頼はシロの鼻で一発だもの、タクトの羨《うらや》ましがることといったら……。

３人に共通して必要だった項目は早々に終わったので、あとはこうしてラキ＆タクト、オレ＆タクトペアで、それぞれ依頼をこなしているところだ。

『ぼく、優秀!?　タクトありがとう！　ユータ、ぼく優秀だって、嬉しいねー!!』

ぴょんぴょん跳ねるシロの背で、オレたちはたっぷりとシェイクされつつギルドへ向かった。オレにはしっかりと鍛えられたシロ騎乗《きじょう》スキルがあるけれど、タクトは哀れなものだ。

「あ、おかえり～！　……タクト、大丈夫～？」

萎《しぼ》んだタクトを乗っけたままギルドに入ると、中でラキが待ってくれていた。そう、今日はあの日から5日後、ドキドキのリフォーム公開日だ。青い顔で崩れ落ちたタクトには、そっとムゥちゃんを差し出しておいた。

「仮登録の子どもってこんな小さな子どもなんですかい？　こりゃあちょっと、困りましたなぁ」

家主さんを訪ねると、オレたちをひと目見て渋い顔をされた。

「はい。でも仕事はきちんとやりましたので、どうぞご覧下さい〜！」

ラキ、カッコイイ！　さすがオレたちのリーダーだ！　不満顔のまま家主さんもそれ以上は言わず、確認のためにみんなで売家に向かった。

さあ、門をくぐって広がった光景は……なんということでしょう！　あの荒れ果てた庭が、まるで貴族の庭園のよう。そんなナレーションがオレの頭に響いた気がした。

「ど、どうですか〜？　前よりよくなった、でしょう？」

——家主さんは、なかなか再起動してくれなかった。

「わあ……こんなに？」

「依頼料はもっと少なかったはずだよ～？」

「すげー！」

結局、あの日は家主さんが呆然としたまま頷いたので、オレたちはそそくさとその場をあとにした。けれど、後日受け取った報酬は、もはや倍額に近い。

「こっちが聞きたいわ！　どうしてこんなに？　家主さん、ホクホク顔だったわよ？　どんな風になったのかしら。これはお掃除の依頼をどんどん受けるべきね！」

ジョージさんにはとても褒《ほ》められたけど、もうお家のリフォームはこりごりだ。

「思いがけない高収入だね～！」

「依頼料が安いとはいえ、結構貯《た》まってきたね！」

「な、本登録できたらさ、そろそろパーティ用のグッズ、買いに行かねえ？」

「賛成～！」

飛び上がって喜んだものの、本登録には試験があるよね？　それは大丈夫なんだろうか？

「ユータはまず大丈夫でしょ～！　でも、目立ちたくないなら、上手に加減しなきゃいけないと思うけど～」

「だってFランク用の試験だぜ？　楽勝だろ！」

2人が言うには、そんな難しいものではないらしい。パーティや個人で、ある程度の読み書きができること、登録してある職業が虚偽《きょぎ》ではないかどうか、そんなところらしい。何せ大人だったら普通は登録できるみたいだからね。

「はい、おめでとう。最後の依頼達成ね！」

ジョージさんはここぞとばかりに、タクトをイイコイイコしながら頬ずりする。タクトの「なんか痛てぇ……」の呟きは聞こえないことにした。

「これでランクアップ試験に臨むことはできるけど……お姉さんはあんまりオススメしないなぁ。ちいさな子は無茶しがちだから……」

少し表情の曇ったジョージさんに、きっと、色々あったのだろうと察する。

「……実力に見合った依頼にするよ～」

「そうだよね、ちゃんと、気を付けるね」

「へへっ！　心配いらねえって！　オレ強くなったし！」

……タクト、ちょっとこっちへ。

「いでででっ！　なにっ？　なんだよ!?」

オレとラキ、左右からほっぺを引っ張られて涙目のタクト。

「「タクトの面倒はちゃんと見ます……」」

「うふっ、2人はしっかりしてるわねぇ。駆け出しの兄さんたちよりずっと頼もしいわ。でもね、気を付けるのは魔物だけじゃないの。君たち自身が悪いことに誘われないか……。経験や知識が少ないとね、騙《だま》されちゃうの」

なるほど……言葉巧みに犯罪方面へ誘われることもあるのか。それは確かに子ども自身では防げない。気付いた時には抜け出せなくなっているのだろう。

「普段から何をしてるのか、大人の人にお話しするね。ちゃんと、ナイショのお話もできる大人がたくさんいるから大丈夫だよ」

「……そうね、きちんと自分がどんなことをしてるのか、お話しすることが大切ね。ユータちゃんはよく知ってるのね」

そう言ったジョージさんは、微《かす》かに微笑んだ。ここにいれば、否《いや》が応でも悲しい知らせを聞くのだろう。そのたびに胸を軋《きし》ませるのは、どれほど辛いことだろうか。

冒険者は自己責任、それは、他人の辛さを思えばこそ、とっても重い言葉だと思った。

「さあ、それでも君たちは受けるんでしょう？　ランクアップできても、きっと、無茶はしないと信じてるからね！　あなたたち、まだ生まれて数年よ？　何を捨ててもいい、だけど、命だけは拾って帰ってくるのよ？」

「うん！　ありがとう」

吹っ切るようににこっとしたジョージさんに、オレもふわっと笑った。

◆◇◆◇◆

「私が行きたいのにぃ〜！」

「ダメです！　ただでさえ、サブギルドマスターのお気に入りだから、ズルしてるんじゃないかって声が出てるんですから！」

駄々《だだ》をこねるジョージさんの鼻先でドアが閉められた。ランクアップの手続きと試験は、裏の試験場ですぐに行えるそうだ。さっそく事を進めようとするオレたちに、少し厳しい顔をした男性職員がオレたちを見回した。

「本当に、ズルしたりしてませんね？　あの人は、仕事はできるので大丈夫だとは思いますが……」

「そんなら試験してよ！　それで分かるんじゃねえの？」

待ち切れないタクトが、男性職員に詰め寄った。

「確かに。では、各登録項目について、こちらの職員の前で披露していただきます。……おや、全員が魔法を使えると。では、まず魔法からですね」

「オレは魔法じゃなくて魔法剣だよ！　魔法剣士だよ!!」

「まあ、どちらでもいいですよ。あちらの的へ、魔法をぶつけて下さい。魔法剣なら斬ってかまいません」

よし！　こっそりラキを見てカンニングしながら、杖を取り出した。ふふ、抜かりはないよ。杖を忘れがちだから何度も練習したもの。オレは適当な百人一首を呟きながら、小さなウォーターを発動させて的へぶつけた。水球は見事に的に当たって、ぱちゃんと弾《はじ》けた。

ラキは得意のロックを無詠唱《むえいしょう》で。タクトはとうとうできるようになった火の魔法剣で、的を燃やして得意満面だ。水の方が向いているのに、どうして火を選んだのか。

「なんと……。本当にみんな使えるのか！　実戦レベルじゃないか！」

「そうだぜ！　頑張ったもんな!!」

タクトの満面の笑みが眩《まぶ》しい。そうだよ、本当に頑張ったんだ。胸を張っていいと思う。

「なるほど、本当に優秀だということですね。あとはそれぞれ担当の元で能力を披露してもらいます。加工師ラキ、あちらへ。魔法剣士タクト、こちらへ。召喚士……ん？　召喚士？　君、普通に魔法を使ってなかったかな？　それに……回復も？」

「ユータは剣も強いぜ！」

「あ、タクト！　それは書いてなかったから！」

「あっそうか。今のナシー！」

両手でバッテンを作るタクトにがっくり項垂《うなだ》れた。別に剣術のことは知られてもいいけどさ……それ以外のことはバラさないでよ？

「ふーむ、そんなに欲張って登録してもよくないですよ？　実力に満たないと判断すれば、君は不合格になりますが……」

「うん！　大丈夫だと思う……思います！　おねがいしますっ！」

職員さんは、仕方ないと言いたげな瞳で頷いた。

「では、ひとまず召喚獣を見せてもらいましょう。ああ、さっき魔法を使ったけど、魔力は大丈夫かな？」

そんなちょびっとで魔力が切れてたら冒険に出られないよ！　オレは頷くと、懐《ふところ》から紙に書いた召喚の魔方陣《まほうじん》を取り出した。その紙をなるべく体に近いところで持って……。

「召喚！」

『了解っ！　ってちょっと、シロ！　あなたはまだよっ!!』

『わ――い！』

今か今かとスタンバイしていた2匹が、賑《にぎ》やかに飛び出してきた。

……えっ？　２匹!?

「なっ？　なんで2体同時に……？」

ですよねー！　そんなはずじゃなかった。シロは2回目の召喚でって言ったのに……。

「えー―と……たまに2体出てくるの……。でも、ちゃんと召喚できたでしょ？」

そんな、双子の卵じゃあるまいし。自分でも苦しい言い訳だと思いつつ、出てきちゃったものは仕方ない。ほら、召喚はきちんとされているのだから問題ない。……でしょ？

馬鹿な……と首を傾げる職員さんだけど、いくら眺めてもそこにいるフェ……犬とスライムは消えてはくれない。

「ゴ、ゴホン。じゃ、じゃあ――回復の方を見てみましょう……」

「どうやって見るの？」

まさかわざと怪我《けが》をするわけにもいかないだろう。そう思っていると、職員さんは入学の時に使った魔力紙と似たものを取り出した。

「適性があるかどうかは、これで分かります」

へえ、どうやら特定の魔力との相性を測る紙もあるようだ。チル爺みたいに魔法で調べたりはしないんだね。言われるままに紙の端を咥《くわ》えてしばらく待った。

「おっ!?　おおー!!　君、すごい適性だ！　A判定、もう回復術士でいいじゃないか!?」

興奮した職員さんが、ガクガクとオレを揺すった。なんでも回復術士の適性はＡＢＣ判定で、あとは反応ゼロの適性なし、らしい。ひとまず登録はこれでOKだけど、回復術士は需要の割に多くはないそうで、メインをこっちにしたらってしきりに勧められる。でもオレは召喚士なの！　あと、回復術士の場合は能力に偽りがあれば命に関わるため、積極的にギルド内の依頼を受けるよう言われた。

「ギルド内の回復依頼って？　オレ見たことないよ？」

「そうなんですよね。地味な割にキツイから、みんなやりたがらなくて。でも、実力を見るために1回はやって下さい」

それを聞いてからやりたくはないけど、仕方ない。早急に回復の本を買って勉強しなくては。A判定をもらったんだから、無詠唱やら何やらはもう気にしなくてもいい、かな？

「お疲れ～どうだった～？」

ほどなくしてラキが帰ってきた。向こうで剣戟《けんげき》の音が聞こえるので、タクトは、まだ頑張っているのだろう。

「うん、問題……あんまりなかったよ。ラキはどう？」

「僕は一般人だもの～問題ないよ～」

「一般人……あの腕前で一般人……」

ねえ、なんだかラキに付いていた職員さんが衝撃を受けているけど？

「ぶは――っ疲れた!!　全身痛ぇ～ユータぁ～！」

ヨロヨロしながら帰ってきたタクトが、ぱたりと倒れてオレに手を伸ばした。うーん、毎度オレが回復するのも考えものかもしれない。ちゃんと限界を見極めて戦ってね？

「わはは！　素晴らしいじゃないか！　その根性もいい！　君、たゆまず訓練すれば、きっと上を目指せるよ！」

なんだかマッチョな人がやってきた。タクト、こんな人と打ち合ってたんだ……すごいな！

「すごいってなぁ、お前の方がよっぽどやりにくいぜ！　なんせ当たんねえもん。手応えなさすぎんだよ！」

「ほう？　君は召喚士……いや回復術士？　いずれにせよ後衛《こうえい》なんだろう？」

タクトが余計《よけい》なことを言うから、マッチョさんの興味を引いてしまった。

「そう！　オレは後衛だから剣術は登録してないの」

「なんで登録しないんだよ、勿体《もったい》ねえ」

タクトが口を尖《とが》らせた。だって、小出しにした方がいいかなと思って……。

「よしっ！　少年、一度手合わせ願おうか！」

いつの間にか太い指がオレの腕を捕まえ、にかっとマッチョな笑顔が間近に迫っていた。慌《あわ》てて助けを求めようとしたけれど、達観した瞳で手を振るラキと、にやにやするタクトしかいない。職員さん2人は、結果はカウンターでと、とっくに室内に入ってしまった。え、じゃあこの剣術ってやる意味あるの？

「ようし、剣術も登録できるかどうか、見てあげよう！」

「あの、いいんです！　オレ、剣術の登録はしないでおこうって思ったんです！」

「はっは！　遠慮するな、技術が足らんなら磨《みが》けばいい！　さあ、武器を構えて！」

くそう……ちっとも取り合ってくれない。諦めて鞘《さや》付きの短剣を構え、大きな体を見上げた。こんなマッチョマッチョな人だと、きっと攻撃は重いんだろうな。カロルス様みたいに受け流す練習にはいいかもしれない。

「お。雰囲気が変わったな。両手に短剣とは珍しい……だが、その成りには相応《ふさわ》しい武器だ！さあ、始めよう！」

わわ!?　こういうのって普通、先手は譲《ゆず》ってくれるものじゃないの!?　いきなり突進してきたマッチョさんに慌てたけれど、きっと加減してくれているのだろう、動きは全体的にオーバーで、ゆっくりしていた。迫る巨体の迫力に、知らず鼓動《こどう》を早くしながらも、冷静に攻撃を見極める。

ぶうんと唸《うな》りを上げる上段からの攻撃！　クロスさせた短剣で衝撃を受け入れつつ、スルッとスライディング！　伝わる攻撃の勢いを利用して、高速で股下《またした》を抜けた。

「うおっ!?」

足をもつれさせたマッチョさんが、どうっと尻餅《しりもち》をついた。これで終了でいいよね？　試合じゃないんだし。

「しょ、少年……その技術、その体捌《さば》きは一体どこで……？」

「ロクサレンの、カロルス様のところで！」

体捌きは、どちらかというとラピスかもしれないけど。

「なるほどなぁ……!!　いや、お見それしたよ、やるじゃないか！」

マッチョさんは、顔いっぱいの笑顔でバンバンとオレの背中を叩《たた》いて、右肩に担ぎ上げた。

固い腕と、肩。安定した大樹のような体。ふと脳裏《のうり》に浮かんだ笑顔に、いてもたってもいられなくなった。

◆◇◆◇◆

「——どうした？　珍しいな」

「なんでもないよ……気にしないでお仕事して」

困惑気味のカロルス様は、わしわしとオレを撫でると、一度ぎゅうっと包み込んでから、再び机に向かった。オレは膝《ひざ》の上でべったりしがみついて、すっかり4歳の甘えん坊になっている。もうすぐ2年生になるっていうのに……。そう思いはするものの、だって、オレは幼児だもの。そう、心が言うことを聞かないのだから、これは仕方ないの。固い体にぎゅっと顔を押しつけて、その温《ぬく》もりと鼓動を感じると、これ以上ない安心感に満たされた。

「――よし、これで一区切りだ。起きてるか？」

「……起きてるよ！」

カロルス様の気配に包まれて、ぼうっとしていたらしい。ハッと顔を上げると、少し眉の下がった顔と目が合った。

「何か、あったのか？」

「ううん、何も嫌なことはないよ！　あのね、今日ギルドで本登録してきたんだ！　オレ、Fランクの冒険者だよ!!」

慌てて言うと、カロルス様は、そうか！　と破顔した。オレは嬉しくなって、にこにこしながら膝に座り直した。登録した職業に驚かれたこと、タクトとラキも一緒に本登録できたこと、ジョージさんが辛そうだったこと、そして、マッチョな職員さんを、カロルス様みたいだと思ったこと。たくさん話すことがあるんだよ。

「それはお前……どうなんだ。俺はそんなに暑苦しくないし、横に大きくないだろう。見ろ、全然違うだろう？　俺の方がずっと格好いいだろう？」

うん、全然違う。どこか不満そうに、不安そうに尋ねるカロルス様がおかしくて、オレはくすくす笑った。

「ユータ様っ！　お帰りになっていたのなら、言って下さればよろしいのに！」

ばぁん！　と扉を開けたのは、言わずと知れたマリーさん。やっぱりバレちゃったね。

「ユータちゃん！　おかえり！」

「ユータ、帰ってたの～？」

ズザッと現れたエリーシャ様、続いて騒ぎを聞きつけたセデス兄さんも現れた。そんなに久しぶりでもないのに、帰ってくるだけで歓迎してもらえる。

「さあ皆様、応接室の方へどうぞ。紅茶の用意ができましたよ」

執事さんに誘《いざな》われ、今度はエリーシャ様のお膝で報告をする。大喜びしてくれる優しい人たちに囲まれ、オレも徐々に実感が湧《わ》いてきた。冒険者になる……召喚士に次いで、ここへ来てからの目標のひとつが達成できたんだ！

あとは、残るみんなを召喚すること、ちゃんとみんなを養って守れるだけの力をつけること。

そして、オレを守ってくれる、温かな人たちを守れるようになること。

オレは、向けられる愛情をいっぱいに吸い込んで、ふわりと微笑んだ。

2章　壊れた馬車

「みなさーん！　ウチのクラスから、ついに本登録した生徒が出ましたよ！　うふ、知りたい？　知りたいよね⁉」

朝から元気なメリーメリー先生は、オレたちが報告した時、飛び上がって喜んでくれた。同時に、心配もされた。もう少し大きくなるまで、街から離れる時は大人と行動するように、とも。見た目も中身も子どもみたいな先生だけど、その気遣《きづか》う瞳は、成熟と経験を感じさせた。

――そう思っていたんだけど。

「ユータのとこでしょ」

「ユータの班しかないじゃん！　タクトとラキも？」

「ええっ！　どうして分かっちゃうの？　みんなをビックリさせようと思ったのにー」

目論見《もくろみ》が外れて悔《くや》しがるさまは、やっぱり子どもみたい。わっとオレたちのところへ集まって、素直に讃《たた》えてくれるクラスメイトに、オレたちの頬はぴかぴかに輝いた。

「おめでとーっ！　ユータもラキもすごいじゃん！」

「おめでとう、まさか私たちの時より早いとはな」

部屋では先輩2人が待ち構えて、オレたちを胴上げ……という名の高い高いをしてくれた。2人は既にEランク、この年でいっぱしの冒険者であるEランクはなかなかのものだ。ちなみにDまで行けば『草原の牙』レベルで、そこそこ安心して依頼を任される冒険者だ。

「最初は嬉しくなって外に出てしまうものだが、気を付けるんだぞ。必ず他の人の目がある場所にいるようにするんだ。ただ、危ない時にその人たちが助けてくれるとは限らないぞ」

「そうそう、ギルドに駆け込んで助けを呼んでもらえたらいい方だね！　常に逃げることを考えて。戦う前に、まず逃げ道！　命を持って帰れたらそれが勝利、これ基本だから!!」

なるほど……さすが先輩たちの言うことは実感がこもっている。魔物との戦闘中に隙《すき》を窺っていて、倒した瞬間に不意打ちしてくる悪質な盗賊《とうぞく》なんかもいるようだ。そうか、人間も安全ではないんだな……。

「そんな先輩のオススメの依頼は～？」

「おっ、そうだな……やっぱ討伐《とうばつ》に行きたいって思うじゃん？　でもあんまり門から離れない範囲で討伐対象を探すのは難しいからさ、採取依頼のついでに魔物を見つけたら討伐、ってのが確実！　依頼を受けてないから失敗はないし、依頼料はないけど素材の代金は入るからさ！」

「なるほど～！　僕は討伐じゃなくていいんだけど～タクトがきっと討伐って言うから……」

「絶対言うね……むしろそのためにランクアップしたんだもん」

「そうだろうなあ。大概《たいがい》は討伐に行きたがるもんだ。お前たちは落ち着いてるな」

「うーん。だって小物相手なら～、実地訓練で十分戦闘してると思うんだ～」

確かに。オレたちの認識では小物＝食料だもんね。そう考えたら、結構経験あるって言えるのかな？　明日はきっと外に行くし、「唐揚げ」って言うだろうから、ちゃんと油が残っていたか確認しとかなきゃ！　調味料にも気を付けないと、これから頻繁《ひんぱん》に外に行くんだもんね！

「今、絶対ユータはズレたこと考えてる気がする～」

「そうだな……」

胡乱げな視線に、むっと頬を膨らませた。冒険に出る時に食料のことを考えるのは、基本中の基本だって授業で習ったよ！


「よっし！　行くぜっ！　討伐!!」

「「ちょーっと待ったぁ～！」」

案の定なタクトに2人でストップをかけ、昨日の話を聞かせた。

「ね、依頼が失敗になったらイヤでしょ？」

「うっ……確かに」

失敗が重なれば降格もあり得るし、降格なんてした日には、信頼回復までかなりの時間を要してしまう。

「でもさ、それだといつもの実地訓練と大差ないじゃん」

うん、それも確かに。でも、決められたルートを歩かなくてもいいし、出てきた魔物は積極的に倒しちゃっていい。実地訓練の場所は学校で管理されているから、そうそうイレギュラーな魔物が出てきたりはしないけど、これからオレたちが行くのは管理されていない草原だ。いきなり強い魔物が出てくることだって、ゴブリンが大量発生していることだってある。

「そっか、そうだよな！　先生たちもいないし、自由に楽しめるもんな！　ゴッブリン出ってこぉないっかな～」

タクトは実に楽しげにスキップを始めた。


「……うっ？　あの時、の？　頭が……あれは幻、だったのか!?」

おや、いつぞやの門番さんだ。具合が悪そうなので『点滴《てんてき》』しておいてあげた。

「「いってきまーす！」」

「ウォウッ！」

「ああ、やはりあれは幻だったんだ。はは、元気なチビっ子見てると癒《いや》されるぜ……」

少し元気になった門番さんも手を振ってくれた。

『今日はちゃんと、普通に帰ってあげましょう……かわいそうよ』

モモがどこか気の毒そうに門番さんを見ると、ふよんと揺れた。

「さーて！　獲物はどこだ!?」

「まずはお昼ごはんを確保しなきゃね！」

「いつも通りだね～」

オレは極力、獲物を見つけるのは最小限にしている。オレがいないと獲物が獲《と》れないのでは、今後2人が困るだろう。自分の獲物を最小限だけ確保して、あとは任せるようにしている。

「んー見当たらねえ。ユータはあんな簡単そうに見つけるのに。なあエビビ、獲物どこにいると思う？」

エビビのコンパクト水槽からピチピチと返事（？）があったようだ。なんて言ってるか分かるはずもないけれど、きっと、『知るわけない』って言ってると思う。

「タクト、闇雲に動いてもダメだよ～ちゃんと見極めて動かないと～！　草が不自然に揺れてないかとか～、土の盛り上がりとか、木の根元なんかも狙い目だよ～！」

「なるほどね。ふーーむ、そこだっ！　発動っ、俺の野性の勘っ!!」

タクト……話聞いてた？

「よっしゃゲーット!!　俺の唐揚げ～！」

「「ええ～!?」」

野性の勘でいけちゃうんだ……。ああ、そっか、カロルス様たちが気配をなんとなく察知するのと同じなのかな？　それって結構見所があるってことじゃないだろうか？

「よし！　僕も1匹目～！　薬草系も結構集まったよ～！」

「あっ!?　いつの間に!?」

「さすがはラキだね！　採取しながら獲物を探せば効率いいね！」

「そうでしょ～！　でも実地訓練地ほど食用植物が多いってわけにもいかないね～」

訓練地では豊富に食用植物が自生しているので、獲物が獲れない1年生チームでも、ひとまず草は食べられるって寸法だ。オレのクラスはみんな優秀だったから、獲物がゼロってところはなかったと思うけど。

「ラキ！　こいつ何？　斬っても大丈夫系？」

タクトの声に2人で駆けつけると、小さめの魔物を牽制《けんせい》しているようだ。

「あっ！　ダメ！　斬ったらダメ～！　ユータ、頭だけ斬り落とせる？　頭だけだよ～！」

「えっ？　うん……」

オレたちの前にいるのは、魔物としては小さい、ただし虫としては巨大な、ハンドボール大の甲虫《こうちゅう》だった。動きが遅いのであまり脅威《きょうい》は感じない。

「わっ！」

そんなことを考えていたからだろうか、甲虫がカパッと鈍い銀色の背中を開いたかと思うと、ブウン、と耳障りな音を立てて素早く飛び上がった。あんな重そうなのに飛べるの⁉

「あ、あ、あ～逃げちゃう！　ユータ！　早く～！」

逃げるならいいかと思っていたら、ラキにせっつかれてしまった。オレは素早く虫を追って飛び上がると、地面に展開したシールドを蹴《け》ってさらに飛び上がった。

「食べられそうにはないけど……ごめんね！」

『俺様の出番っ！』

シャキ――ン！

ラキがあんなに欲しがるなんて、きっと素材がらみに違いない。念のために切れ味抜群のチュー助で、きれいに首を落とした。

「うわあ～ユータ、ありがとう！」

ラキは銀色の甲虫に頬ずりせんばかりに喜んで、タクトをドン引きさせている。

「いいけど、それ何に使うの？」

「これはね～とても加工に向いた甲殻《こうかく》なんだよ～！　加工は容易《たやす》く、加工後は丈夫っていう素敵素材なんだ～！　これなら僕でもそこそこ自由に加工できると思うし、これでみんなのアクセサリー作ろうよ～！」

ちなみにこの虫、討伐の難易度は低いけど、数が少なくて見つけにくいし、飛んで逃げられる。なので依頼はよく出るけれど失敗になりやすい、冒険者泣かせの虫らしい。あと、きちんと首を落として倒さないと、質が悪くなるそうな。

「リングがいいかな～？　でもお揃いのリングってなんだか恋人みたいだし。ネックレス？　ブレス？　イヤーカフなんてのもカッコイイかも～」

うふ、うふふ……。

ラキがすっかり加工師モードに入ってしまった。うっとりと虫を撫で回して笑うさまは、なかなかに不気味だ。

「ラキまでおかしくなったら……俺たちのパーティの危機じゃねえか！　変なのしかいねえ！」

そうかもしれないけど、そこにはタクトも含まれているからね？

「——で、今日の昼飯《ひるめし》はどうする？」

どこ食いに行く？　みたいなノリでタクトが聞いた。

「やっぱり2人が好きなのは唐揚げ？　でも獲れたお肉はそんなに多くないから、ちょっと物足りなくなっちゃうかな？　ミンチにしてそぼろ丼も美味《おい》しそうだね！」

「『そぼろ丼？　それがいい！』」

聞いたことのない料理は、オレの故郷の料理ってことになるらしい。そして、オレの故郷の料理＝美味《うま》いっていう図式ができているようだ。

メニューが決まったら、さっそく手頃な場所に陣取って作業開始だ。いつものようにキッチン台とテーブルセットを出して、オレがキッチンを占領している間に、ラキとタクトが野草を洗ってサラダを作る。

「ラピスっ！」

「きゅっ！」

ドシュッ!!　放り投げたお肉がミンチになって、下の皿へ着地した。

『ひぃい……』

チュー助が怯《おび》えて短剣の中に引っ込んでしまった。あ、そっか、今のホーンマウスのお肉だもんね。ちょっと……生々しかったかな。

熱したフライパンで、ミンチをそぼろ状にしながら、お子様向けに甘めの味付けにした。作りおいている温泉卵があるから、それを載っけようかな。余ったミンチはお団子にしてスープに入れよう。

「できたよ――！」

「こっちもできたぜ‼」

「美味しそう〜！」

本日のメニューは温玉そぼろ丼と、肉団子スープ、野草のサラダだ。それらは大小様々な器に盛り付けられ、ちゃんとラピスたちの分も用意してある。

「「いっただきまーす！」」

がつがつと貪《むさぼ》るシロとタクト、負けじと頬ばるラキとチュー助、すました顔で誰より早食いなモモ。小さな小さな器で、一生懸命食べるラピスとティア。みんな夢中になっているところを見ると、そぼろ丼は好評のようだ。

「美味かった——！」

「僕、これ好き〜！　上の卵がとろーんとしてて、混ぜて食べるのがすっごく美味しい〜！」

「オレも温泉卵好き！　何かと合うよね！」

『私も好きよ！　とろとろが堪らないわ！』

これはまた作りおいておかなきゃ！　卵は栄養も豊富だし、獲物がない時なんかでも温泉卵があればだいぶ違うよね。

『ねえユータ、お友達がいるよ！』

満足してお腹をさすっていると、鼻面《はなづら》を上げたシロがそう言った。

「え、お友達？」

『うん、あっちの森！　ユータぐらいの子どもが何人かいるよ！　そういう匂いがするから、きっといるよ！』

森の中にオレと同じくらいの子ども？　それも何人も？

「どういうこと～？　子どもが森の中に何人もいるって、すごく変な話だけどね～」

「じゃあ見に行ってみようぜ！　そんな森の深いところにいないだろ？」

『うん、道の近くだよ！』

オレたちだけで森に入ったことはないけれど、大丈夫だろうか。

「う～ん、森の中は結構危険だから、僕たちは行かない方がいいと思う～」

『じゃあ、ぼくが見に行ってくるね！』

言うが早いか、シロは風のように走っていってしまった。

「僕たち以外にも、1年生の冒険者がいるのかな～？」

「だとしたら、もっと差を広げておかねえとな！」

そんなことを言っている間に、もうシロが駆け戻ってきた。

『ねえねえラキ～！　これは？　いい素材？』

満面の笑みで、その口に巨大な熊を咥えて引きずりながら……。

「し、シロ!? それ何っ!? ぺっして！ ぺっ!!」

『ぺっ』

ズシン、と音がしそうな巨体が、長々と地面に横たわった。

「これ、オレ見覚えあるなぁ。確か、ティガーグリズリーでしょ？」

「そ、そうだね～。シロにとっちゃネズミもティガーグリズリーも大差ないんだね～。これは加工にはあまり使わないけど、毛皮は買い取ってもらえるよ～！」

うっすら斑《まだら》模様の巨大な熊。オレがトーツの森を彷徨っていた時に出会った、恐ろしい魔物。巨体の割に速いし、立ち上がった時の迫力はすごいものがあった。でも、さすがにフェンリルさんには通用しなかったようだ。シロが盛大に引きずってきたから、毛皮の価値は下がっちゃうと思うけど、それでも少なくない額になるだろう。問題は解体できないってところかな。

『それでね、ユータと同じくらいの人たち、箱に入ったまま、出てこないんだよ』

「「箱？」」

どうやら、状況把握のためにオレたちも行かなきゃいけないみたいだ。シロ曰《いわ》く、森の中で馬車がひっくり返っていて、その近くに転がった大きな箱に、人がいるそうだ。シロが駆けつけた時には、ティガーグリズリーがしきりと嗅《か》ぎ回って箱を叩いたり、馬車を叩き壊したりしていたらしい。

もしかして馬車が襲われて、乗客が閉じ込められているのかもしれない。ティガーグリズリーはシロがやっつけてくれたけど、その人たちは大丈夫だろうか。オレたちはシロに3人乗りをして、急ぎ駆けつけた。


「うわー、完全にひっくり返っちゃってんな！」

「箱……ってあれかな～？」

ラキが指した場所には、オレの背丈よりも大きな木箱が転がっていた。確かにその中からは人の気配がするけれど、隅の方に固まって出てくる様子はない。

「そりゃあこんな目に遭《あ》ったら怖いよね……オレはこの子？　たちを箱から出すね！」

「あっ、この！　俺が警戒してるから、その箱を開けてやってくれ」

おこぼれがないかとうろちょろしていたゴブリンを見つけ、タクトが斬りかかっていった。不謹慎《ふきんしん》だという自覚があるのだろう、真剣な顔を取り繕《つくろ》おうとしつつ、喜んでいるのがバレバレだ。

コンコン！

「こんにちは！　オレたち冒険者です。どうしたの？　出られないのかな？　開けるからちょっと待っててね？」

とりあえず木箱をノックして話しかけると、明らかに箱の中がざわついた。

「だれ……？」

「たすけに、きた……？」

どうやら中にいるのは本当に子どもみたいだ。怖がらせないように慎重に木箱を一部カットして覗《のぞ》き込むと、眩しげに目を細めた3人の子どもが立っていた。

「え……子ども？」

「助けに来たんじゃ……ないの？」

オレの姿を見て、３人は不安げな表情だ。この木箱、普通に開けられるつくりになっていない。子どもを閉じ込めて運ぶなんて……もしや、オレの時みたいな人攫《さら》い⁉　この街の闇ギルドは解体されたハズなのに。ひとまず、彼らを安全なところまで案内しなくては。

「オレは子どもだけど、冒険者だよ。街まで送ってあげられるけど、どうしてこんなところに？」

「こんなところって、どこ？　ここ、どこ？　こわいのは、もういない？」

「大丈夫だよ～もう何も怖いのはいないよ～！」

ひょいとラキも顔を覗かせる。子どもしかいないことで警戒を解いたらしい3人が、そろそろと箱から出てきた。しかし、出てみればほとんど全壊状態の馬車に、周囲は木々に囲まれた森だ。子どもたちはガクガクと震《ふる》え出した。

「お、おとなのひとは……？　も、もりだよ……食べられちゃうよ!!」

「ばしゃが、ない……。かえれない……」

「ウォウ！（大丈夫だよ、ぼくが乗せてあげるし、守ってあげるよ！）」

「ひいっ!?」

しっぽを振って近づく巨大なフェンリルに、子どもたちが腰を抜かした。

『へい！　大丈夫だぜ！　俺様がついてる！　このフェ……シロは大人しいから、乗せてやるって言ってんだぞ！』

『ほーら柔らかお姉さんよ！　触ってもいいのよ！　こっちへいらっしゃい！』

ぴょんと飛び出したチュー助とモモが、シロの頭に乗った。子どもの相手はこの2人が一番だ。モモの声は他人に聞こえないからいいけど……その台詞はちょっとどうかと思う。

『うん、ぼく大人しいよ！　大丈夫だよ！』

スライムとネズミを頭に乗せて、しっぽを振りつつぺたんと伏せたシロに、子どもたちも少し表情を和《やわ》らげた。

「さあ乗って！　森を出ようね。歩きながらお話を聞かせてね？」

シロに3人を乗せ、静かに森を抜けて街道へ。壊れた馬車の付近に怪しいヤツが戻ってこないか、ラピス部隊に目印兼見張りを頼んでおいた。

「それで、お前らなんであんなとこにいたんだ？」

ゴブリンを1人でやっつけて、ご満悦のタクトが尋ねる。

「わかんない。街にいたの……」

「ぼく、こわい人においかけられて、つかまったの」

「まっくらで、すごい音がして、こわい声がして……急にごろごろ転がったの」

やっぱり、街で人攫いに遭ったようだ。バレないように森を抜けようとして、ティガーグリズリーに遭遇《そうぐう》したってところか。子どもたちを置いて逃げるなんて……！　シロが気付かなければ、餌食《えじき》になっていたところだ。これは、ギルドに調査してもらわなければ。

街道へ出ると、子どもたちはやっと表情を和らげた。

「もりから……でられた……」

「わんちゃん、ありがとう……」

泣き出す子にはモモが寄り添い、オレたちはテクテクと街道を歩いて街へ向かった。

「ん？　んん？　お前たち、増えてないか⁉　なんでそんな子どもばっかりの集団で外にいるんだ⁉」

「ただいま！　あのね、森で子どもたちを見つけたの」

「人攫いに遭ったみたいだから、ギルドに報告してくるね～！」

色々と面倒そうだったので、驚く門番さんを置いて、ささっと街へ駆け込んだ。ちゃんとギルドに報告するから大丈夫！


「また人攫い……闇ギルドの関与がなくなって、減ったハズだったのに。最近また増えてるわ。あなたたちも十分注意するのよ？　こちらでも領主様に報告しておくわ」

ラキの説明に、受付さんがまなじりを険しくして立ち上がった。

「あと、その壊れた馬車のところへ案内っていりますか～？　僕たち、場所を覚えてます～」

「そうなの!?　それは偉いわ！　でもあなたたちを連れていくのはどうかしら……ちょっと待っててね」

ひとまず手続きを終え、オレたちで攫われた子を家に送る許可を得た。配達ならお任せ！と思ったけれど、どの家も留守だ。

「……なあ、もしかしてみんな、街を探し回ってんじゃねえの？」

タクトの言葉にハッとする。そうか、人攫いに遭ったなんて知らないから……。今度こそシロの鼻頼りだ。家まで行って大体の匂いを覚えたら、一直線に街中を駆け抜けて家族の元へ。

「ままー！」

「!!」

ずっと探し続けていたのだろう。どの家族も憔悴《しょうすい》しきった顔で、幼子を抱きしめて泣き崩れた。よかった……こんな思いをする人を増やしてはいけない。何か、オレにできることはないだろうか。


「おう、お前か！　お前……人攫いに関わって、大丈夫なのか……？」

どうやらギルドマスターは、オレのことも、オレが以前攫われたことも覚えていたようだ。ゴツイ割に、繊細《せんさい》な気遣いがある人だ。オレは、大男を見上げてにっこりと笑ってみせる。

「オレ、強くなったよ、大丈夫。だからね、子どもを攫う人が許せないの。何かお手伝いできる？」

瞳に力を込めて見つめると、ギルドマスターは少し目を見開いた。

「へ、いっちょ前のこと言いやがって……。そうだな、今は何も情報がない。ひとまず馬車のところまで……案内できるか？　もちろんお前たちの安全は保証するぜ！」

「俺たちだけでも行ったんだぜ！　大丈夫！」

「分かりました～！　誰と行きますか～？」

「途中までギルドの馬車を出す。あいつがついていくから心配いら……まあ、ひとまず魔物と悪人の心配はいらん」

ギルドマスターは、すいっと視線を逸らした。

「は――い！　私は準備万端よぉ――!!　さあ、行きましょうっ！」

ばーんと扉を開けて、くるくる回りながら入ってきたのは――ジョージさん。バッと振り返ったタクトが、売られる子牛のような目をしてギルドマスターを見た。ギルドマスターは決してこちらを見ない。すかさず伸ばされた手に、がっちりとタクトが捕まった。

「んん～！　タクトくんはきっと将来男前になるわぁ～！　やだもう、ほっぺすべすべじゃなーい、羨ましい！」

生け贄《にえ》となったタクトをそのままに、オレたちとジョージさん、他数名の職員でギルド用の馬車に乗り込んだ。


森の側まで馬車で行ったら、そこからは徒歩だ。油断なく周囲を警戒するジョージさんはちょっと格好いい。やっと解放され、魂が半分抜けたようなタクトを横目に、いつもこうならいいのに……って思わずにいられなかった。

「ここです！」

壊れた馬車の周囲に変化はない。ラピス部隊も怪しい人物は見なかったようだ。

「本当ね、ほぼ全壊、襲ったのはティガーグリズリー、だったわね。自分たちが逃げ切るために子どもを置いていったか……外道《げどう》め」

ジョージさんがぐっと柳眉《りゅうび》を逆立てた。そうだね……あの熊、すごく足が速かったもの……。以前遭遇した時のことを思い出して、オレは少し身震いした。

「散開してちょうだい。何かあれば笛を吹いて。合図で集合よ」

ジョージさんたちギルド職員は、周囲の調査を始めた。そうなるとオレたちは退屈するしかない。

「これさ、俺らもう案内したんだし、帰っていいんじゃねえ？」

「そういえばそうだね～。交渉してみようか～」

ジョージさんは子どもだけで帰ることに難色を示したけど、さっきもオレたちは子どもを護衛しながら帰ったわけだし、冒険者なんだから、となんとか納得してもらった。その代わり、ギルドに顔を出してから帰るようにと。

「なんか手掛かりが見つかるといいな！」

「そうだね～僕たちも子どもなんだから、気を付けないといけないね」

「人攫い……オレたちにできることって他にないかな？」

「もうできることはやったんじゃない～？　手掛かりが全くないと、動きようがないよね～。攫われるのが子どもだもん～。大人なら、情報を得るために実力のある人がおと――あ……」

「なんだよ？　何か思いついた？」

「う、ううん！　なんでもない～」

ラキはちらっとオレを見て、慌てて首を振った。

＊＊＊＊＊

「タクト!!　起きて～！　どうしよう～!!」

「へぁっ？　なんだなんだ!?　ラキか。早起きじゃねえ？　こっちの部屋に来るの珍しいな」

ふああ、と大あくびするタクトに、ラキは泣きそうな目をして縋りついた。

「ユータが、ユータがいない～！」

「なんだ、ユータはよくいなくなるじゃん。心配いらねえだろ」

「でもっ！　でも……僕が昨日余計なことを言ったから～」

深刻そうなラキの様子に、タクトは目を瞬《またた》かせた。

「なんか言ったっけ？」

「言いそうになったの～！　でも、ユータがやりそうだと思って言わなかったのに！　きっと気付かれたんだよ～」

タクトは盛大に寝癖の付いた頭で首を傾げる。

「だから、なにを？」

「囮《おとり》だよ～！　大人が対象の犯罪だったら、実力のある人が囮になることがあるから～！　でも子どもを狙うなら囮はできないねって！　そう言おうとしたんだよ～！」

「そりゃそうだ……まさか!?」

タクトがガバリと立ち上がって、天井に頭をぶつけた。

「そうだよ～！　ユータだもん～！　きっと……きっと囮になりに行ったよ!!」

＊＊＊＊

「うーん。具体的に、囮ってどうしたらなれると思う？」

――ラピスはやらない方がいいと思うの！　他のヒトよりユータが危ないのがダメなの！

『ホントそうよねぇ……でもこういう時、この子は言うこと聞かないわよねぇ……』

『さすが俺様の主《あるじ》ぃ！　ばーんと組織に侵入して、どーんとやっつける!!　作戦は完璧だ！』

「やっつけないよ、情報を集めるだけだよ」

オレは苦笑してチュー助をつついた。あの時、オレがヤツらに攫われるように仕向けたらいいんじゃないかって気付いたんだ。もちろん危険なことだけど、オレには転移がある。いざとなれば、逃げられる。チュー助とラピスがいるから、連絡を取ることもできる。シールドにフェンリルと管狐《くだぎつね》の護衛までついてるんだもの、オレ以外に誰が適任だって言うの？

——だって、どうしても許せなかった。泣き崩れて子どもを抱きしめる人たちが、あの時のカロルス様と重なって見えて。ぼたぼたとオレを濡《ぬ》らした雫《しずく》と、震える固い体は、今もこの小さな体に刻まれている。ただ、気がかりはそのカロルス様に、また心配をかけること。

「心配、されると思う。でもね、オレが囮になれば、すぐに犯人たちが分かるかもしれないんだ。やらなかったら、その間にも手遅れになるかもしれない。子どもを犯罪に巻き込むのは、どうしても許せないよ。なるべく心配を減らせるように、チュー助、ラピス、言伝《ことづて》をお願い」

——……ユータがどうしてもやりたいなら、ラピスはお手伝いするの……。

『それなら俺様にお任せっ！』

ありがとう、と微笑むと、まずは手近な雑貨店で必要なものを買い求めた。

『どうせ変装するならもっと素敵に……女の子の格好でもよかったのに……』

モモがしきりと残念そうにするけど、変装は普通でいいの！　あまりに特徴的な黒髪を隠すため、ごく一般的な茶色いカツラをかぶった。瞳の色は黒でも茶色でも紺《こん》でもそうそう分からないだろう。

さて、準備はしたものの、どうすれば囮になれるだろう。頭を悩ませつつ、足は引き寄せられるように屋台方面へ向かっていた。美味しい香りにお腹がぐうっと鳴る。

「朝ごはん食べずに出ちゃったから……お腹が空《す》いてちゃいいアイディアも浮かばないね！」

変装していると、なんだかいつもより大胆になれる気がする。子ども1人だと変に思われるかといつもは遠慮していたけど、今日なら平気だ。ぐるぐる歩き回って選んだのは、じっくり煮込まれたお肉のスープ！　いや、お肉の煮込みと言うべきか……お肉の塊《かたまり》がどーんと器に盛られ、申し訳程度にその他の具材とスープが注がれている。通りの段差にちょこんと腰掛け、両手で器を包んでふうふうやると、匙《さじ》に大盛りすくった。

「あつっ、あつつ、んんー美味しい！」

お肉は幼児に優しい、ほろほろに溶け崩れる柔らかさだ。テールスープに似た風味のスープは、お肉からどんどん肉汁が溢《あふ》れて、最初の一口と最後の一口では全然味が違った。このお店は当たりだね！　今度ラキたちにも教えてあげよう！

――ユータ、ウリスからラキたちが気付いたって！

「わ、早い……！　チュー助、ラピス、おねがい！」

まだ起きたばっかりじゃないんだろうか？　ひとまずラキたちに事情を説明して、少しでも心配を和らげられたらいいんだけど。

まだ彼らは学校だから猶予《ゆうよ》はあるけど、計画半ばで見つからないようにしなきゃ。オレは美味しいスープの最後の一滴まで飲み干して、ふう、と一息吐いた。

さてどうしようかと頬杖をついたところで、何やら落ち着かない様子の人が目に入った。手元の紙を見ながらきょろきょろしては、首を傾げている。

「おじさん、どうしたの？」

「ああ、ぼうや、なんでもないんだよ。おじさんちょっと道に迷っちゃったんだ」

ちょこちょこと駆け寄って声をかけると、おじさんはちょっと困った顔だ。道案内なら任せなさい！　オレは配達人をやったおかげで、だいぶこの街の地理に詳《くわ》しくなったんだから。

「どこに行きたいの？　案内するよ！」

「本当か？　じゃあ、グースの酒場って場所分かるかい？」

「うん！　任せて！　ちょっと狭い道を通るよ、こっち！」

ついてきて！　と先導して歩くと、目的地近くの路地裏で、おじさんがまた手元の紙を覗き込んで、待ってくれと言う。

「グースの酒場の近くのはずなんだが……ここなんだ、どう？　分かるかい？」

どれどれ？　駆け戻ると、おじさんの手元の紙を覗き込んで首を傾げた。

「あれ？　おじさん、これ……なんにも書いてな――」

ばさり!!　と視界が暗転したかと思うと、ぐいっと体が持ち上がった。何事!?　と思う間もなく、激しく揺られてあちこちがぶつかる。

「――お、Aだ!!　逃がすなよ！」

「よしっ！　ならこれで引き上げだ!!」

随分雰囲気が変わったけど、さっきのおじさんの声？　そう思ったと同時にふわりと体が浮いて、ドスン！　と固い場所に着地した。

――あれ……？

これってさ、もしかして――あの、オレ……普通に攫われてる、とか？

『当たり前じゃない!?　あなた騙されたふりしてたんじゃなかったの!?』

『主ぃ！　作戦は順調だな!!』

『ユータ、囮上手だったよ！　すごいね！』

――ユータ、それで、こいつらをやっつけたらいいの？

……そうとも！　作戦成功だ!!　でも、でもだよ、どうしてみんな、あいつが悪者だって分かったの？

『主ぃ！　朝っぱらから開いてもいない酒場に案内しろなんてさぁ』

『それも、こんな子どもに案内させようだなんて。あんな路地裏の酒場に、よ？』

『だって悪者の匂いだったよ！』

――ずっとユータの様子を窺って標的にしてたの。

そ、そうですか……。オレはちょっぴりヘコみながら周囲の様子を探った。どうやら袋に入れられて、すぐ近くの建物に運び込まれたようだ。もしかしてここ、グースの酒場？

――多分そうなの。お酒の瓶《びん》がいっぱいあるの。

そうか、ここが悪者のアジトのひとつでもあったんだな。でも、昨日の子たちは外へ運び出されていたんだから、あくまで一時的な収容施設なんだろう。

「2人はラキたちと一緒にギルドに行ってくれる？　ひとまずこの状況を伝えよう」

「きゅ！」

『合点《がってん》承知！』

ラピスとチュー助に報告をお願いして、オレは体勢を整えた。目の粗《あら》いズタ袋の中は、暗いしチクチクするしお世辞《せじ》にも快適ではなかったけど、幸いオレサイズだと、手足を少し曲げれば横になれるくらいのゆとりはあった。

袋から出るのは簡単だけど、袋の口が閉じられている以上、勝手に出ていったら警戒されるだろう。この先の本拠地へ着くまで大人しく攫われていなきゃいけない。言葉遣いも少し幼く話すよう気を付けた方がいいかもしれない。まずは、自分の身の安全。心配かけないように頻繁に連絡をとって――。オレはこくりと喉《のど》を鳴らして、これからの行動に考えを巡《めぐ》らせた。

――それで、いつ運び出されるんだろう？　そわそわと緊張していたのも最初の10分やそこらで終わってしまった。幼児の集中力など、たかが知れている。しーんとした、無人らしき店内に1人残されて、オレはそろそろ大人しくしている限界に達しそうだ。何か退屈しのぎがあればいいのに、もう寝るぐらいしか……あ、そうか！　これからまともに眠れないかもしれないんだ、今のうちに休んでおこう！

狭い中、もそもそと収納から枕と大きいタオルを取り出すと、チクチクする袋に敷いて目を閉じた。袋の中だけど、布団をかぶっていると思えばさほど気にもならない。

「誰か来たら起こしてね……」

『え？　あなた本当に寝るの？　この状況で？』

どんな状況でも眠れるのが幼児だよ。モモの呆れた声を聞きながら、オレは案外快適に眠れそうだと目を閉じた。

3章　囮とロクサレン

『だからー、心配いらないって！　主はもう攫われたからだいじょぶ！』

「はあ!?　もう攫われたっての!?」

ギルドに向かいつつユータを探していたところで、２人はチュー助の報告に思わず頭を抱えた。ひとまず、大丈夫な要素はどこにもない。

「とにかく、僕たちはギルドに行こうか～」

「おう……あいつ、どんだけ簡単に攫われんだよ……」

『主の攫われっぷりは見事だった!!』なんて胸を張るチュー助を握りしめて、２人は重い足取りでギルドへ向かったのだった。


「なんだとっ!?　あの坊主、また攫われたってのか!?」

「は、はい～！　ただ、自ら攫われに行ったというか……その、囮のつもりみたいで～！」

「これ、ユータの下級精霊。こいつを通して情報を寄越すつもりなんだよ！」

ぐいっと差し出されたチュー助は、結構ぷらーんとしている。

「チュー助！　ちょっと起きてくれよ！　ちゃんと説明してくれ！」

ぶんぶん！　とシェイクされて、今度は泡《あわ》を吹きそうだ。

「タクト、放してあげたら～？」

『げほごほ……お、俺様には果たさねばならぬ使命が……』

「チュー助、その使命とやらを早く話して～！」

タクトの手から解放されると、チュー助は恨めしげにぼさぼさになった毛並みを撫でつけ、話し出した。

「――くそ。それでまんまと攫われちまったってわけか……よし、すぐに救出に行くぞ！　場所を言え！」

『あらら？　やっぱりそうなっちゃう感じ？　それじゃあ俺様、言えないっての。次の報告を、乞うご期待！　ラピスー離脱っ！』

「あっ……!?」

ギルドにとって唯一の手掛かりが、ぽんっと軽い音を立てて消え去った。下級精霊の思わぬ行動に、居合わせた面々が呆然と顔を見合わせた。

「ユータ……あくまで囮をするつもりなんだ～……」

「あいつ！　確かに強いし！　魔法も使えるし！　強い召喚獣もいるし！　収納も持ってる

し！　連絡方法もあるけど！　だからって……だから囮になるのかー……」

しみじみと頷いたタクトに、ラキが食ってかかった。

「納得しないでよ～！　ユータは色々できるけど、割とぽんこつなんだから～！　きっと今回だって、絶対普通に攫われたんだよ！　それで、今もきっとのほほんとしてるんだよ～！」

「うん、それはそんな気がする」

「お前ら……心配してるのか？　してないのか？」

ギルドマスターの呆れた視線に、なんだか大丈夫な気がしてきたと、２人はため息を吐いた。

＊＊＊＊＊

『ユータ、悪者の匂いがお店に近づいてきたよ！』

『あなた、ぐっすり寝すぎよ!!　もっと緊張感を持ちなさい！』

モモにぼすぼすと柔らかアタックされて目が覚めた。うーんと伸びをしようとして、随分狭いことに気付く。

「……？　あ……そっか、オレ攫われてるところだった」

ふああ～と大きなあくびをすると、枕とタオルを収納にしまった。お腹は満たされてぐっすり寝たし、さあ、オレはいつでも出発できるよ！

『主ぃ！　タクトを怒って！　あいつオレを潰《つぶ》そうとしたり振り回したりする‼』

――あのね、すぐに探しに行こうとするから、ここの場所は言ってないの。

いつの間にか帰ってきていた2人を撫でてお礼を言うと、この場所を伝えるのはオレが出発してからと、再びお願いしておいた。

ギィ――……

扉の軋む音と共に、ゴツゴツと重そうな足音が複数入ってきたのが分かる。レーダーで見ると……1、2……4人かな。いきなり蹴飛ばされたりしたらイヤなので、念のためにシールドを張っておこう。

「なんだ、袋ひとつじゃねえか……」

「でもよ、こいつAだぞ。十分だろ。雑魚《ざこ》はいくらでも集まるんだ、質のいい方がウケがいい」

「確かに。数より質だ、最近目ぇつけられてきてるし、そろそろ狩り場を移動しねえとな」

やや抑えた声でそんなことを話しながら、足音が近づいた。

「おい、死んでねえだろうな？　暴れた形跡がないぞ」

「そんなまさか！　乱暴なことはしてねえよ！　気絶してるんじゃねえか？」

しまった、多少ごろごろ暴れておけばよかった。動かないオレを不安に思った男が、ぐいぐいと何かでオレを押した。大丈夫！　オレ生きてる！　心配ないです!!

「生きてるな。いいかガキ、大人しくしてろよ！」

わさわさと動き出したオレに安堵《あんど》したのか、男は一喝《いっかつ》して袋ごとオレを担ぎ上げた。

のっしのっしと歩くのにつれて男の固い背中にゴツゴツと体がぶつかる。ドアの軋む音がして、周囲が眩しいほどに明るくなった。外だ……どうやら出発するみたいだ。


荷物のようにどさりと投げ込まれたけど、シールドを張っていたのでへっちゃらだ。どうやら馬車らしい振動を感じながら、周囲の様子を探った。前方に3人、後方に1人、オレの近くに1人。この馬車は大きめの乗合馬車くらいのサイズで、オレ1人を運ぶには大きすぎる。普段はもっとたくさんの子どもを乗せていくってことだろうか。

その時、ふいに近くにいた1人がオレの方へ近づいてきた。

――ユータ、それは子どもなの。

子ども……？　攫われてきた子だろうか？　その子がオレの袋に手をかけると、しばらくしてシュルシュルと紐《ひも》をほどく音がした。

「…………」

ひょい、と顔を覗かせたのは痩《や》せた少年だった。無言でオレを袋から解放すると、唇に人差し指を当てて『静かに』のしぐさをした。

やっと袋の中から解放されたオレは、こくりと頷くと、思う存分伸びをして体をほぐす。

「んーっ手足が広げられるって気持ちいい！　出してくれてありがとう、君も攫われたの？」

おそらく12歳くらいだろうか、痩せっぽっちの少年はオレを見て不思議そうにした。

「なあに？　どうかした？」

少年は少し考えて、泣き真似をしてからオレを指さし、こてんと首を傾げた。なんだろう……あ、もしかして、オレが泣いてないのはどうして？　ってこと？

「オレは前も攫われたことがあるんだ。だから大丈夫！　オレ、ユータっていうの。お兄さんのお名前は？　攫われてきたの？」

少年は驚いた顔をしたあと、困った様子で首を振ると、ぐいっと襟元《えりもと》を下げて喉をさらした。

「？　……あ、傷？　古い傷があるね」

少年の首筋から胸にかけて、魔物に襲われたのであろう、痛々しい古傷が残っていた。あ、もしかして。

「その、もしかして声が……出ないの？」

彼はこっくり頷いてオレの頭を撫で、傍らに置いてあった木箱から水さしを取り出して渡した。その手慣れた様子と、頷きと首振りの会話で、彼が攫った子どもたちの世話係であることが知れた。色々と聞きたいけれど、文字は書けないようで筆談《ひつだん》も望めない。色んな情報を知っているであろう彼と情報交換できないのは、非常に残念だ……。

『ぼくがお話しする？』

シロの言葉に、ぽんと手を打った。なるほど、シロなら念話《ねんわ》ができる！　でも実際にシロが出ると大騒ぎになっちゃう。オレだっていつも念話を使ってるんだから、シロができるならオレだってできるんじゃない？　ものは試しと、じいっと少年を見つめて、『繋《つな》がり』を探す。糸電話みたいに魔力が繋がればいいんじゃないかな。

『あーあー、テステス、こんにちは、聞こえる？』

少年はこちらを見て、何言ってんだこいつ、みたいな顔をしている。声でなく念話で話しかけたことに気付いていないようだ。

『これなら話せると思うんだ。お兄さんのお名前、しっかり念じて言ってみて？』

少しムッとした表情の少年は、フイと視線を逸らした。

『……話せないって言ってんのに……これだからガキは……』

よしっ!!　オレは満面の笑みでガッツポーズをとった。

『オレ、ガキじゃないよ、ユータだよ。ちゃんと聞こえてるよ』

音がしそうな勢いで振り返った少年は、目をまん丸にして口をパクパクしている。

『そんな……なんで……俺……俺……声、出てない……のに』

『オレ、念話ができるの。これでお話しできるね！』

しばし呆然とオレを見つめた少年は、くしゃりと顔を歪《ゆが》ませると、静かにしゃくりあげて泣いた。――ああ、辛かったんだな……助けを求めることも、何かを訴えることもできずに。ぼたぼたと溢れる涙は彼の服を濡らし、汚れた床にも染《し》みを作った。

『1人で、ずっと頑張ってきたんだね……辛かったよね……』

彼の声なき慟哭《どうこく》を邪魔しないよう、そっと背中を撫でてハンカチで涙を拭った。この小さな体が悔しい。オレがもう少し大きかったら、彼をぎゅうっと腕の中に抱きしめてあげられるのに。

『お、俺は……、ミックだよ』

ややあって、少し照れくさそうに、不安そうにこちらを見たミックは、微かに笑った。

＊＊＊＊＊

『えーと、だからそのー、主は完璧な作戦のもと、囮として潜入を開始したわけで――』

ラピスのしっぽを抱きしめながら、チュー助はしどろもどろに事情を説明する。何せ目の前には一番怖い人がいる。その冷たいグレーの瞳は、目を合わせるだけで息の根が止まってしまいそうな光を宿していた。

「だから、その居所を言いなさいと言っているのです。闇ギルドは丁寧にすり潰したつもりですが……やはり悪人そのものを消し去ることはできませんね……」

あなたの方がよっぽど悪人ぽい、とチュー助は思ったけれど、賢明にも口には出さなかった。

「きゅきゅ！」

『ラピスもそれは言えないって、今は。だってユータがそう望んでるんだから……って』

「いくらユータがそれを望んでも、あいつはまだ子どもだ。以前、あんな辛い目に遭ったんだぞ？　またそんな思いをさせるなど……やはり見過ごせん」

「きゅうきゅ！」

『え？　それ俺様が言うの？』

「きゅっ！」

『えぇっと……ラピスだってイヤだけど、ガマンしてるの！　だからちゃんとガマンして待つの！　ユータのやりたいことを邪魔するのは、許さないの！　って、ラピスが！　ラピスが‼』

チュー助は、睨《にら》み合う群青《ぐんじょう》とブルーの瞳の間でますます小さくなった。

「話は聞かせてもらったわ！」

ばーんと扉を開いたのは、エリーシャとマリー。

「げ！　まだ何もまとまってねえのに、ややこしいのが……」

「何よ！　自分たちだけで進めようったってそうはいかないわ！」

「いや、お前らが心配《暴走》するんじゃねえかと思って、ある程度までまとめてから話そうと……」

「ちょっと、みんなで何騒いでるの～？」

セデスも駆けつけ、結局、これで館の主要メンバーは全員執務室に集合となった。

「仕方ねえ。端的に言うとだな、ハイカリクで最近また子どもの誘拐《ゆうかい》が多発していて、たまたまユータがそれを知っちまった。手掛かりがないらしくてな……あの野郎、こともあろうに勝手に囮になりやがったらしい」

「ええー!!　前に同じ街で攫われたのに……どうしてそんなことができるの。ユータ、あんな見た目なのに肝っ玉だけは人一倍据《す》わってるよね。……でもさ、ユータは転移できるようになったんだから、確かに囮役としては誰よりも適任かなぁ。シールドも使えるし、そんじょそこらの悪人ごときなら大丈夫じゃないの？」

セデスはやれやれと首を振った。認めたくはないけれど、もし誰かが囮をしなければいけないなら、ユータほどの適任はいない。

「しかし……まだあんな幼子《おさなご》だぞ？」

「ユータちゃんは、確かにまだあんなに小さくてかわいくてキレイで優しくて素直で愛らしくて食べちゃいたいくらいだけれど、既に冒険者としても活動しているのよ？　私たちも冒険者になることを認めて、お祝いしてあげたんじゃないの？　それなのに、私たちが心配だからって行動を縛るのは、間違ってるのじゃないかしら……？」

落ち着いたエリーシャの声に、マリー以外の全員が彼女を二度見した。それがエリーシャの口から出た言葉だとは、にわかに信じがたい。唖然《あぜん》とする中で、マリーも静かに進み出た。

「そうです……あまりに心配で心配で心配で、脳が焼き切れてはらわたがねじ切れて周囲を更地にしたくなりますけれど、いつまでも私たちが助けようとするのは、ユータ様の信頼を裏切ることになります。私たちを信頼して、きちんと報告して下さったのに、今手を出してしまえば、今後は秘密裏《ひみつり》に事を進めようとされるでしょう」

ばばっ！　と今度はマリーに驚愕《きょうがく》の視線が集まった。もはや恐怖にさえ駆られたカロルスたちの視線を受け止め、２人はまるで悟り切った聖母のように、静かな表情をしていた。

「(ど……どういうことだ……？　一体何が……？)」

「(分かりません……！　催眠《さいみん》にかけられた形跡もありませんし……)」

「(し、心配レベルが振り切っておかしくなっちゃったのかな⁉)」

３人はにこやかな２人を振り返り、生唾《なまつば》を呑んで顔を見合わせた。

＊＊＊＊＊

今は昼くらいだろうか？　ガタゴト揺れる馬車は、一定の速度で進み続けている。

『この馬車はどこまで行くの？』

『分からない。１日１回のごはんが３回分だから……そのぐらい遠く』

少なくともヤクス村よりずっと遠く……ロクサレン方面ならそれだけ進むと海に突き当たるから、オレの知っている土地ではなさそうだ。それにしても１日１食はお腹が空くだろう。食料は収納にいっぱいあるから困らないけど……ただ、ミックにどこまでオレのことをバラしていいものか悩ましい。もし、『紋付き』だったら命令に逆らえないだろうし。

『ねえ、ミックはどうしてここで働いてるの？』

『好きでいるんじゃない、俺も捕まったんだ』

『じゃあ、ここから出たい？』

『当たり前だ！　逃げられるんならとっくにそうしてる！　……でも、妹が……』

妹……？　渋るミックをなだめすかして聞き出すと、どうやらミックは妹と一緒に攫われて、妹だけ価値ありとして組織内に連れていかれたらしい。ミックは価値なしと判断されたものの、あわよくば助け出したい一心で下働きをしているだけで、紋付きではないようだ。組織内に連れていかれるってことは、人身売買の類《たぐ》いではないのかな。闇ギルドみたいな組織の構成員にされるのだろうか？

『その、価値ってなあに？』

『多分……魔力、だと思う。俺にはなかったけど、妹は魔力があったんだ』

魔力？　魔法を使って何か悪いことをしようとしてるんだろうか？　それとも、単に魔力持ちは価値があるってだけだろうか？　ただ、価値があると判断されたなら、きっと妹は無事だろう。オレが潜入しなきゃいけない理由が、また増えた。

ガコン、ガタン……

馬の嘶《いなな》きと共に、馬車が止まって前へ転がっていきそうになった。

『あ……たぶん、食事の時間』

扉の前で、ミックが目に見えてそわそわし出した。そりゃあお腹が空いているだろうな、食べ盛りの時期に1日1食、それもきっと粗末な食事なんだろう。案の定、鍵のかかった扉が少し開いて押しつけられた食事は、少量の保存食だった。オレの方にも投げ込まれたそれは、いつか見た、固めた雑穀《ざっこく》みたいなもの。ミックは必死にかじりついているけど、そうそう歯が立つものではない。

彼が紋付きでないなら、とりあえずは収納袋を持っているってことにして、一緒にごはんを食べよう。こんなこともあろうかと、オレの収納には色んなサイズの袋が入れてある。

『ミック、ナイショだよ？　これ、一緒に食べよう』

『!!』

ミックは、ひったくるようにオレの手からサンドウィッチを奪うと、部屋の隅まで行って油断なく頬ばり始めた。動物めいたそのしぐさに、オレの胸がずきりとする。

『大丈夫、まだあるよ。一緒に食べようね』

そっとミックに近づくと、少し距離を開けて座り込んだ。にっこり笑うと、大きなサンドウィッチを5つほど出してミックの方へ押しやった。水差しも側へ置いておく。

『――お前、なんでこんなに食べ物を……？　どうやって……』

どうしても今食わないと、と思ったのか、ミックは大きなサンドウィッチを3つも食べて苦しそうだ。

『お腹いっぱいになった？　オレ収納袋持ってるの。また一緒に食べようね』

ミックはそれこそ、天使でも見るような目でオレを見た。

やがて、うつらうつらとし始めた細い体がこつんとオレに当たった。崩れそうな体を支えて横たえると、随分と軽い。ミックが攫われてから、どのくらい経ったのだろう？　せめてとズタ袋をかけて、頬骨の浮いた顔を眺めた。ねえ、ここを出たら美味しいものをたくさん食べようね。

君は働けるんだから、ヤクス村においでよ。妹と一緒にお弁当を持って、湖に遊びに行こうね。

オレは静かにミックを撫でると、ぐっと拳《こぶし》を握って立ち上がった。

「じゃあ、ラピス、少しの間お願い。すぐに戻ってくるけど、何かあったら教えてね」

「きゅ！」

言い置いてふわっと転移した先は、エリーシャ様のお部屋だ。

「あらっ、ユータちゃーん！　帰ってたのね！」

「そうなの、でもね、ナイショのお話があって……えっと、マリーさーん」

ぎゅうっとされつつ、小さな声でマリーさんの名前を呟いた。

ばんっ！

「ユータ様っ！　お呼びですか!?」

当然のように現れたマリーさんに、何がどうなってるのかは置いておく。オレはしいっと唇に手を当てると、真剣な顔で2人の手を取った。

「あのね、2人を信じて先にお話ししようと思って……まだ、カロルス様たちに言ってないから、静かに聞いてね？」

＊＊＊＊＊

――ユータ、さすがなの。うまくいきそうなの。

ラピスは、エリーシャとマリーの様子に戸惑う面々を見つめて安堵した。

「お、お前……どうしたんだ？　何があったんだ⁉」

「別に、何もないわよ？　真にユータちゃんのためになるのは何かってことに目覚めただけよ」

すました顔でのたまうエリーシャに、疑惑の視線が集まった。

「うん？　そういえば、ユータが攫われたのっていつ？　昨日、ユータ来てなかった？　マリーさんが神速で廊下を駆け抜けていった気がするけど」

ぎくり……。再び集まった視線に、エリーシャが肩をすくめた。

「も、もう……仕方ないわね。そう、昨日ユータちゃんが私たちのところにこっそり来てたのよ。私たちが心配するだろうからって、先に・直接・私たちだけ・に、伝えに来てくれたのよ！」

言いたくて堪らなかったエリーシャは、得意げに胸を張った。

「そうです！　私たちを信頼して、任されたのです。このようにすぐ転移で帰ることができるので、心配はいらないと」

マリーは嬉しげに自身を抱きしめた。

「（そういうことかよ……あの野郎～！　知恵をつけやがって！）」

「(先手を取られてしまいましたね……さすがはユータ様です……)」

「(でもまあ、確かにユータはもう冒険者として認められてるし、実力もあるんだから、無闇に手を出すばっかりじゃなくて、ある程度の見守りも必要じゃない？　危険に対する察知能力も鍛えなきゃ危ないよ。転移があれば大抵のことからは逃げられると思うし)」

何にせよ、最も反対するであろう2人が賛成している以上、下手に動くことはできないだろう。有事に動けるよう準備だけは怠らず、ロクサレンは『待ち』の姿勢をとることとなった。

＊＊＊＊＊

カロルス様たちは、なんとか手を出さずに見守ってくれるようだ。戻ってきたラピスたちの報告を聞いて、ホッと一息吐いた。エリーシャ様たちを説得できてよかった……。勝手なことをして心配かけるけど、今回はオレが行くのが一番確実だと思うから……ごめんね。

それにしても、今はどの辺りなんだろう？　2日目の朝、どうやら街道を外れて進み出したらしく、馬車は激しく揺れた。ラピスに尋ねても草木ばかりでめぼしいものはないようだ。

『ここから、ずっとガタガタする。……明日には、着く……』

『アジトはどんなところなの？』

『分からない……俺、アジトに入ったことないから。でも……入ったら出てこられない。俺、どうしたら……お前も、妹も助けたいのに』

悔しそうに俯《うつむ》いたミックは、関節が白くなるほど拳を握りしめていた。

『……大丈夫。あのね、実はオレ、わざと捕まったの。他の子を助けたくて！　だから、心配しないで！　オレ、小さいけどちゃんと冒険者なんだよ！　潜入するために自分でここまで来たんだから、気にしないで！』

ミックは大きく目を見開いて、馬鹿なことを言うなと……苦しげに微笑んだ。

そして3日目の午後、特に変わらない道程の中で、ミックが俯く時間がどんどん長くなってきた。思い悩む彼が、下手な行動をしないよう、もう少し安心させないと危険かもしれない。

『ねえミック、そんなに考え込まないで？　オレね、本当に大丈夫なんだ。結構戦えるし、強い召喚獣がいるんだよ。見せてあげる！　ビックリしないでね？　……シロ！』

『こんにちは！　ぼく、シロだよ！』

「――!?」

声なき悲鳴を上げて尻餅をついたミックが、壁際まで後ずさった。

『すごいでしょう？　オレ、この子と、シールドを張れる召喚獣がいるんだ。強い魔法を使う子もいるし、ほらね？　大丈夫でしょ？』

『ユータはぼくが守るから大丈夫！　ミックの匂いも覚えたよ！　助けに行くからね！』

ミックの見開いた目からは、次々と涙の粒が溢れてきた。ぎりりと歯を食いしばる音がする。

『そ、そんなこと……そんなこと言うなよ！　お、お前が……戻ってくるかもって……助けが来るかもって……思っちまうじゃないか！』

『……うん、助けは来るよ。ちゃんと、待ってて？　あのね、オレの冒険者パーティは、「希望の光」って言うんだよ。オレはこんなちっちゃな光だけど……きっと、大きな希望を連れてくるからね』

オレが助けるとは言えない。でも、例えオレが失敗しても、それだけは、絶対にカロルス様やギルドの人たちに伝えるからね。彼らは失敗しないよ、助けは必ず来るから、大丈夫。

オレはしばらくの間、ミックの頭をぎゅっと抱き込んで、背中を撫でていた。

ガタン、と馬車が止まった。ミックの背中が、ビクッと震える。

『大丈夫。ミック、オレ、行ってくるよ』

揺れる瞳を間近に捉えて、にっこりと笑った。自ら扉の近くに立って振り返ると、どうすることもできずに俯くミックに手を振った。大丈夫だよ、ほら、オレは笑ってるでしょ？

ガチャリ、と開錠《かいじょう》の音と共に眩しい光が差し込んで、オレは思わず目を閉じた。途端に馬車から引っ張り出され、ちらりと男の姿を認めたかと思うと、あっという間に頭に袋をかぶせられて後ろ手に縛られていた。すごい早業《はやわざ》……ゴツイ人だったけど、案外ラッピングとか得意なのかもしれない。

「ほう……確かにAだ。いいだろう、1匹で許してやろう」

ぐいっとオレの胸元に何か押し当てると、男はそう言った。

——ユータを魔道具で調べたの。馬車の人に何か渡したら、喜んでどこか行ったの。

どこかへ行って、また人攫いをされたら困る。ラピス部隊を見張りにつけて、ギルドの人に捕まえてもらおう。魔道具って、魔力を調べる魔道具だろうか？　魔力紙以外にも調べる方法があるんだね。街でも何か道具を使ってオレに目を付けたのかな？

「気持ち悪りぃぐらい大人しいガキだ……弱ってんのか？」

男はブツブツ言いながらオレの首根っこを掴むと、引きずるようにどこかへ連れていく。

——周りは何もないの。草と木と岩。建物もないの。

建物がない？　さすがに不思議に思っていたら、急に周囲が暗くなってひんやりした。そして、どんどん下っていく。

——洞窟《どうくつ》の入り口が隠してあったの。ダンジョンじゃないけど、どんどん地下に行くの。

ダンジョンと普通の洞窟は何が違うんだろう？　不思議に思いつつ、男に身を任せていたら、突然ぽいっと手を離された。

『乱暴ね！』

モモがシールドで柔らかく受け止めてくれたけど、痛がるふりをしておこう。

「ここまで来れば逃げられねえだろ。とっとと歩け！」

かぶせられていた袋がバサッと外されて、大きく深呼吸する。冷たくしっとりした空気が、随分淀《よど》んでいるように感じた。周囲はおそらく天然の洞窟なのだろう。真っ暗な中、灯りは男の持つ魔道具だけ。こんなに暗くて足場の悪いところを、縛られたまま歩けなんてヒドイ話だ。少なくとも、オレ以外の子どもにとっては。

「くそっ、待ちやがれ！」

「はやく！」

ささやかな仕返しに、男を置いてずんずん先へ進んだ。図体の大きな男は、決して広くない岩だらけの道を、汗みずくになって追ってくる。逃げてるわけじゃないと示すために、時々立ち止まっては待ってあげた。

「この野郎が……勝手に行くんじゃねえ！」

「だって、とっとと歩けって言った」

ぷいっと前を向くと、伸びてきた手を躱《かわ》して、再びひょいひょいと岩場を越えた。灯りの魔道具の範囲は結構狭い。あっという間にオレの姿を見失って、男は必死になって追ってくる。

しばらく進むと、洞窟の雰囲気が変わった。

『ここからは人工的に掘り進めたのね。こんな規模の隠蔽《いんぺい》と作業をするなんて、随分な組織じゃないの？　ユータ、そろそろ助けを呼びましょう』

「うん。場所が分かったもんね！　ここに来るまでにだいぶ時間かかるし。でも、組織の規模とか設備を確認しないと、助けに来た人たちに危険があるかも」

人工的な洞窟と言うべきか、トンネルと言うべきか、狭い通路を歩いていくと、頑丈そうなドアがあった。後ろ手にドアを押したり引いたりしてみたけど、当然ながら鍵がかかっているようだ。

「……誰だ？」

オレがガチャガチャしているのに気付いて、ドアの向こう側から声がした。ここでピザの配達でーすとかやっても、きっと笑ってはくれないだろう。

「おれ、ユータ。こども」

「はあ？　何ふざけてやがる……」

ギギ、と開いた扉からは、これまたいかつい男が顔を覗かせた。

「…………」

オレのはるか頭上に向いていた視線が、不思議そうにして、ふと足元のオレに気付いた。大仰な動作でビクッとした男が、驚愕の面持ちでじーっとオレを見つめる。きょとんとしたオレも、じーっと見つめる。

「はあっはあっ！　くっそ!!　この野郎がっ!!」

後ろから、顎《あご》を上げた男がやっとこさ追いつき、それを目にした目の前の男が脱力した。

「このっ!!　てめ、驚かせんじゃねえよ!!　何でガキだけ先に来てんだよ!!　心臓に悪いわ!!」

「はあ、ふう……。なに、言って、やがる……」

「こ、こんな暗い中に子どもが1人で黙って立ってんだぞ!?　心臓止まるかと思ったわ!!」

あ、そっか。ここ、真っ暗だった。後ろ暗いところがありすぎる男には、かなりの恐怖体験だったようだ。むしろ存分に怖がればいいと思う。

怖がりの男とゴツイ男が何かやり取りすると、オレはそのまま扉の中へ引っ張り込まれた。どうやらゴツイ男はここまでの役目らしい。扉の中には、武装した男たちが数人たむろしていて、その奥にさらに扉が見える。

「ついてこい。逃げたり泣いたりしたら、ひどい目に遭うぞ」

泣いて欲しくないなら優しい顔で言えばいいと思う。理不尽《りふじん》だと思いつつ、奥の扉を抜け、さらに中へと進んだ。

『……地下施設ってところかしら？』

『すごくたくさんの人の匂いがするよ！』

思ったより随分大きな組織だ。地下のアジトは整然としていて、どこか近未来的にさえ思った。ふいに目の前が開けると、天井の高い大空間が目に飛び込んできた。そこには魔道具らしきものがたくさん並び、何か作業をする人々がいた。中央には小さな塔《とう》のような……以前の蟻《あり》塚《づか》みたいなものが見える。機械も金属もひとつもないだろうに、映画で見た宇宙船の開発施設みたいだと思った。

「あっ！」

蟻塚もどきの近くに、ちらりと子どもたちの姿を見つけ、思わず立ち止まった。だけど、目を凝《こ》らす間もなく、ぐずぐずするな、と引っ張られてしまう。

（ラピス、あの子たち、何してるんだろう？）

――分からないの。でも、ユータが魔力を貯めるのと、同じようなことをしてるの。

魔力保管庫のことかな？　じゃあ、子どもたちは魔力を貯めるために集められてるの？

『でも、それなら子どもより大人を捕まえた方が効率がいいのに。そりゃあ、リスクは上がるでしょうけど』

そうだよね。単に脱走や反抗をさせないために、子どもを使ってるんだろうか。

「ここにいろ。騒ぐな」

薄暗い通路を通って、小部屋が並ぶ場所でロープをほどかれると、そのまま中に放り込まれた。後ろでガチャリ、と鍵のかかる音がする。

「ふう、ひとまず潜入は成功、だね！」

小部屋は土を掘っただけの穴に、覗き窓の付いたドアをはめ込んだだけ。どシンプルな造りだ。土魔法が使えるならあっという間に出られそう。子どもなら数人は入るだろうに、オレ1人にあてがうなんて贅沢《ぜいたく》な気もする。他の子はどこにいるんだろう？　調査したいけどラピスには断られてしまった。時刻はそろそろ夜、ベッドもないけど、ここで寝るしかないね。

グオオウ!!　……グル……グルル……

その時、遠くで大きな獣の咆吼《ほうこう》が聞こえた。微かに悲鳴も聞こえる。

「ラピス！　おねがい、見てきて！」

シールドを張るし、シロもスタンバイしてるから！　と説得して、なんとか無理やり送り出したものの、ラピスは、1分もしないうちに戻ってきた。

「だ、大丈夫だったの!?」

――大丈夫なの。ここみたいなところが他にもあったの。それで……。

グオオオオ!!

さらに近くで咆吼が聞こえ、どうやら大きめの魔物らしい姿が、レーダーでも捉えられるようになった。

——それで、魔物が通路のところをうるさくしながら歩いてるの。部屋に子どもはいるけど、ドアが閉まってるから危なくないの。

そうなんだ……。ホッとすると同時に、なんでこんなところに魔物が？　と不思議に思った。もしや、組織の番犬みたいなものだろうか？

どんどん近づく咆吼は、本当にうるさい。オレの部屋のすぐ側まで来たので、興味津々《しんしん》で小窓から覗くと、暗闇の中、大きめの黒い魔物が周囲に体当たりしたり、ガリガリひっかいたり、すごく苛《いら》ついた様子で通路を走り回っていた。頭が2つあって、短毛のでっかい犬みたいな……えーっとケルベロスじゃなくって……そう、オルトロスだ！　頭が2つあるってすごく不思議だ。意思はひとつなんだろうか？

チッチッチ。もっと近くで見てみたくて、つい舌を鳴らして呼んでみる。

『猫じゃないんだから……』

モモは呆れたけど、オルトロスはピクッと耳を立ててこちらを見た。うわあ……大きい！　シロは大きくてもかわいいのに、オルトロスはいかにも凶暴《きょうぼう》です!!　って感じだ。

グアア！　グオオオオ!!

よだれを垂らしたオルトロスが、オレの部屋の壁をガリガリとひっかいて暴れた。

「どうしたの？　お腹空いたの？」

『主ぃ、この場合、こいつのごはんは主だと思う！』

なるほど。エサは目の前にあるのに、蓋《ふた》が閉まってて取り出せないから怒ってるのか。でもごはんになるわけにもいかない。そうこうしているうちに、オルトロスはまた走ってどこかへ行ってしまった。ラピスが言うには、こういう小部屋がぐるりと通路で繋がっていて、それぞれ離れた場所に子どもが収容されているみたいだ。


オルトロスも行っちゃったし、お布団がないけどもう寝ようかな。監視されているかもしれないので魔法を使うわけにもいかず、ごろりと土の上に横たわった。大森林でも眠れるんだ、こんなしっかりした部屋なら快適なものだろう。

うとうとした時、どこからか話し声が聞こえた。

「じゃあ……読み……しょうね……」

「はーい」

「はあい！」

途切れ途切れに聞こえるのは、どこか遠くの部屋の話し声だろうか？　優しそうな女の声と、たくさんの子どもの声だ。聞くともなしに聞いていると、その違和感に思わず起き上がった。

「これって……」

『そうね……子どもを攫ってきたのは、きっとこのためね』

この話し声はフェイクだろう。きっと、あらかじめ作られた台本の元に進められている。

「——あなたたち……救うため……ここに集め……のです」

「でも、ママは……って言って……」

「そうじゃないよ！」「間違ってるよ！」

「そうね、それは違うわ。あなたのママが間違えたのね」

女がなんらかの神を讃え、攫われた子どもたちの使命を語っている。時々茶々を入れる子どもの声には、周囲の子どもからの否定と、優しげな声の誘導が入っている。否定の言葉だけはやけにクリアに聞こえた。子ども向けなのだろう、大人にするにはチープなお話だけど、子どもには効果があるに違いない。これ……洗脳《せんのう》……ってやつじゃないかな。

親から引き離し、怯えさせて、優しい声で洗脳する。従順な組織の構成員を作るために？小さな子に、なんてことを……。沸々《ふつふつ》と湧く怒りに、今すぐここを飛び出してやりたかった。

「今も、洗脳されている子たちがいる。悠長に組織を探ってる時間はなくなっちゃった。ラピス、チュー助、お願い、行ってきて！」

オレ1人がここで飛び出してもだめだ。ラピスやシロと全力で暴れたら、この施設を潰すことはできるかもしれないけど、下手をすれば組織ごと逃げられるかもしれない。

「みんなー！　がんばってぇー！　天使様が、助けてくれるからねーー!!　その声に、騙されないでーーー!!」

あらん限りの大声で怒鳴って、地面に手を着いた。地図魔法にレーダーとラピス情報をフル稼働して、土魔法を使う。例え監視されていたって、バレやしない。オレは小部屋にいる子どもたちのごく側に、小さな小さな天使像を生み出して、一瞬、微かに光らせた。真っ暗な部屋で、きっとその光は目に留まるだろう。縋るものがなければ、とても子どもたちはもたないだろう。組織の言う神様とやらとは別の何かを……と思ったら、コレしか出てこなかった。

グルルルッ！　ガアッ！

オレの大声に反応したオルトロスが、また戻ってきて大騒ぎし出した。

『うるさい……子どもたちを怖がらせたら、ぼくが許さない！』

ほんの一瞬、怒れるフェンリルの気配が漂《ただよ》った。

ギャンッ!!　キャイン……キャイン……

オルトロスは、しっぽを巻き込んで震えながら逃げていく。どうやらオルトロスよりフェンリルの方が強いようだ。

「シロ、ありがとう」

『ううん、ぼく、すごく腹が立ったの』

ややあって、組織の人たちが慌てた様子で走ってきた。やっぱり監視されていたかな？　まあ、あんな大声を出したら、監視していなくても気付くだろうけど。

「ここだ！　このやっ……」

ガツン!!　勢いよく小部屋のドアを開けた男は、どうやら顔面を強打したらしい。無言で蹲《うずくま》って悶絶《もんぜつ》している。

「なんだこれ!?　どうなってる！」

「この岩……天井の崩落かもしれん！　オルトロスがやけに暴れていたからな！」

「なんだと！　Ａの部屋だぞ!?　早く掘り出せ!!」

用心のため、ドアの内側を岩で埋めておいたから。土魔法ぐらいバレてもいいやと思ったけど、都合よく勘違いしてくれたようだ。オレは部屋の奥で横になると、ドア付近にしっかりと岩を追加しておいた。天井からの声も止んだし、これでゆっくり眠れるだろう。


ガララ……ガコン、ゴトン……

――なんだか周囲がうるさい気がする。うーんと唸ってうっすら目を開けたものの、辺りは真っ暗だ。どうやらまだ夜かな。

「ピピッ！」

暗いけど朝だよ、とティアがオレの髪をついばんで起こそうとしている。

『寝ぼけてないで、いい加減起きなさいって！』

まふっと顔面にモモの柔らかアタックを食らった。うん、もう起きるから……。

ガコッ……ガララッ……

「よしっ、中は空洞だ！　生きて……」

急に光が差し込んで、寝ぼけ眼《まなこ》で起き上がったオレと、汗にまみれた男たちの目が合った。

「……だれ？　なにしてるの……」

「「「…………」」」

ふわあ、と大あくびしながら目を擦《こす》るうち、状況を思い出してピタリと動きを止めた。

「えっと……。た、たすかったんだー！　こわかったー！」

「「「……お前、今寝てただろうがっ!!」」」

迫真の演技を披露したものの、いかんせんその前がよくなかった。声を揃えて突っ込まれ、えへっと笑って誤魔化すしかなかった。

「いいか！　大人しくしてやがれ!!」

徹夜の作業を終えた男たちは、ふらふらしながら出ていった。悪いことをしていると、きっと嫌なことを引き寄せるんだよ。

『やったのは主だけどなっ！』

『どっちかというと、あなたに関わったら嫌なことが起きる、じゃない？』

2人のヒドイ言いようは聞こえなかったことにして、監視下でもバレない程度にクッキーを口に運んだ。

「こういう時のために、食べやすくて栄養のあるものを作っておくのもいいかもしれないね！」

『俺様思うんだけど、普通はこういう時ってないと思う！』

『あなた、あと何回攫われるつもりなの……』

チュー助にまで否定され、なんとなく腑《ふ》に落ちない気分でクッキーを咀嚼《そしゃく》した。

――他の人が来るまで待つの？　もうユータは帰ったらいいと思うの。

ラピスたちの報告だと、どうやらギルドもロクサレン家も動いてくれるみたいだ。でも、アジトの中から突然いなくなった子どもがいたら、怪しまれるだろう。

コツコツコツ……。通路を歩く軽い足音に振り返ると、小窓から覗く人影があった。

「……大丈夫？　辛いけど頑張るのよ、あなたが真に使命を理解して、それを果たせると認められたら、ここから出られるからね……」

　気遣わしげな優しい声。でも、その台詞にはたっぷりと毒が含まれている。これは、夜に聞こえていたあの女の声だ。あんまり聞いてなかったけど、確か、神様に力を捧げる使命があるからオレたちはここに呼ばれた……といった内容だった気がする。

「うん！　オレ、がんばってしめいするよ！　かみさまの役にたつ！」

『下手くそね！　もうちょっと自然に言いなさいよ！』

　突然信者になった子どもに、女も戸惑っているようだ。

「ええと……あなたは真に使命を果たせるって言うの？　神様に力を捧げるお手伝いは、楽なことじゃないわ。イヤになったからって逃げ出せないの。パパやママは忘れて、私たちと共に神様の家族になるのよ？」

「オレ、かみさまに言った！　オレのやるべきこと、ちゃんとする！　オレを生んでくれたパパとママには、もうあわない」

　嘘を言わないよう、慎重に言葉を選んだ。オレのかみさまと、彼女らの神様は違うけど。

「そう……素直ね、神様はお喜びになるわ。でもね、もし嘘を吐いたり、家族を裏切るようなことがあれば、またここに戻されてしまうの……」

　オレはここでも全然構わないけれど、とりあえずこっくりと頷いた。ここは懲罰房《ちょうばつぼう》みたいなものなのかな。

「じゃあ、神様のお許しが出るかどうか、聞いてあげるわね」

彼女はしばらくじっとオレを見ていたが、そう言って立ち去った。

『例え嘘でも、対処はできるってことなんでしょうね。あなた、怪しすぎるわよ』

「そうかな……」

神様に力を捧げるっていうのは、やっぱり、魔力を捧げるってことだろうか？　電気もガスも石油も使わないこの世界で、魔力は全てを兼ね備えたスーパーエネルギーみたいなものだ。何にだって利用できる。洗脳に「神様」って言葉を使ってはいるものの、強調するのは「使命」と「家族のことを忘れて忠誠を誓う」ってことだけで、教義らしきものは訴えていない。この組織が何なのか、今ひとつ分からない。宗教団体なのか、ただ魔力を売りさばく闇組織なのか、はたまた別の何かなのか。

「……出ろ」

少ない情報で頭を悩ませていたら、今度は男がやってきて、ガチャリと扉を開けた。とことこ出ようとすると、腕輪みたいなものを押しつけられる。

「これを着けろ。神に忠誠を誓った証《あかし》だ」

ちらっと男を見上げると、有無を言わさぬ雰囲気だ。でもこれ、呪《のろ》われてるよね？　嫌な感じがするもの。

(ティア、いける?)

「(ピピッ)」

どうやら任せて大丈夫のようだけど、せめてと、男に見えない角度で少量の除菌《じょきん》……じゃなくて浄化をしておいた。覚悟を決めて腕輪をはめると、一瞬腕が熱くなって、パチっと何かが弾けたような感覚があった。同時に、嫌な感じも消える。

オレが腕輪をはめたのを確認すると、男は先導して歩き始めた。この腕輪、どんな効果があったんだろう。それを知らないと、オレの行動で呪いにかかってないのがバレるかもしれない。

(チュー助、この腕輪、しっかり見て覚えて。それで、カロルス様たちに聞いてみて)

『オーケーオーケー、俺様記憶力抜群だから!』

――でも今はダメなの。どこに行って何をするか確認しないと、ラピスは離れられないの。

まあラピスはそうだよね……危険かもしれないし。

男についていった先は、あの広い空間だった。昨日と同じようにたくさんの人が働いている。その中を通り抜け、示された場所へと歩み寄った。まるで配線のように、たくさんのパイプが蟻塚に繋がっている。そして、その先端にある土器のようなものに、子どもたちが手を添えていた。30人以上いるんじゃないだろうか……魔力持ちの子ばかり、こんなに……。

「お前の使命は、神様へ力を捧げることだ。何も難しいことはない、ああやって手を触れて祈っていればいい」

触れると魔力を吸う仕組みだろうか。相当疲れるらしく、数人の子どもで交代しながらひとつの土器を担当しているようだ。

「お前はあそこだ」

ぐいっと押され、示された場所へ向かおうとすると、別の男に引き留められた。

「きちんと決まりは守れ！　判定がまだだろうが！」

「うるせえな、こいつAだぞ、とっととやらせりゃいいだろうが」

「すぐに済む！」

オレを引き留めた神経質そうな男が、こちらへ向き直った。

「なにするの？」

「おっと、逃げるなよ？　何も痛いことはしない。ごく稀《まれ》に、魔力が神様に向いていないことがある。それを調べるだけだ」

向き不向きがあるんだ。オレが向いていなかったら「価値なし」になってしまうのかな？　だからといって無事には帰してもらえないだろうし、まだここを離れるわけにもいかない。

男は先端に水晶球のようなものが付いた棒を取り出すと、まず自分に向けた。

「魔力、むいてなかったら、ささげられないの？」

「そりゃそうだ、神様の害になるからな」

自身に向けた水晶球がふわっと水色に輝いたのを確認して、男は水晶球をオレに向けた。途端にぱあっと水晶球が強く輝いて、慌てた男が水晶球を逸らした。

「っと……Aってのは伊達《だて》じゃないな。何色なんだか分かりゃしねえ」

ブツブツ言いながら、その魔道具らしき水晶球をいじると、再びオレに向けようとする。

「あの、何色がダメなの？」

「白だな！　せいぜい違うよう祈ってることだ」

うっ、さっきの多分白だった！　オレの魔力が向いてないなら生命魔法がダメってことだ。あれを向けた先の魔力を感知してるなら、違う魔素を集めたら誤魔化せるかな？　棒を向けられた時、オレは咄嗟《とっさ》に体を覆うように土魔法の魔素を集めてみた。

果たして水晶球は…………淡い黄色に輝いた。よしっ！　ガッツポーズをするオレに、男は敬虔《けいけん》な信者だと満足げな顔をして去っていった。

「ほら、早くしやがれ」

小突かれて持ち場に行くと、疲れた表情の子どもたちの中へ入り込んだ。とりあえず状況が落ち着いたので、この隙にラピスとチュー助を送り出しておく。

「こんにちは！　みんな、大丈夫？」

「………」

虚《うつ》ろな目で見返す子どもたちは、明らかに大丈夫じゃない。とりあえず土器に触れる担当を交代すると、その子は崩れるように座り込んだ。

駆け寄りたいのをぐっと堪《こら》え、土器に手を添えた。点滴魔法を使いたいけど……きっと洗脳されている子たちを回復しても、また魔力を注ぐだけだ。でも、どうもこの子たち、洗脳されているのか、疑問に思う。疲れ切っていて、進んで神様のために！　って雰囲気ではないと思うけど。

心からこの組織に染まり切っていないなら、まだやりようはある。ものすごく気は進まないけれど……思いつくのはこれしかない。

『悪者に騙されないで――助けが来るからね――天使がきっと、守ってくれるからね……。君を好きな人たちを、忘れないで』

全員に微かに届く念話を送り、点滴魔法を使った。土器に魔力は吸われているけれど、大した量ではない……と思う。同時に、回復の蝶々を1匹ずつ呼び出し、浄化の魔力を込めた。小さな小さな蝶々は、ひらひら子どもたちの腕輪にとまると、ふわっとほどけて消えた。

『かならず、助けが来るからね……君たちを、守るからね』

「――てんし、様……？」

たったこれだけで洗脳が解けたりはしない。それでも、完全に洗脳されていないなら、何かのきっかけになればいい。少なくとも、君たちを助けようとしているのは、ヤツらの言う神様ってやつではないと分かってくれたらいい。

天使の声と体の回復に、気が緩んだのか、そこここで涙を零《こぼ》す子たちがいる。焦ったけれど、周囲の大人は気にも留めていなかった。よくあること……なんだろう。もう少しの辛抱《しんぼう》だからね。オレはぐっと拳を握りしめた。

よし、オレはオレで地味な戦いをしよう。手元の土器に意識を向けると、繋がった魔力が蟻塚もどきの中へと誘導され、蓄《たくわ》えられているように感じる。

どうやらオレの魔力はお気に召さないそうだ。まあそう言わず、たっぷり味わってみてよ。繋がりがあるなら送り出せる。わざわざ生命魔法を除外しようとするなら、混じることで何らかの悪影響があるのだろう。なら、それを利用しない手はない。オレはぐっと送り出す魔力を高めて、ぐいぐいと注いだ。

どのくらい注いでいたのか、さすがに疲れてきた。ふと周囲に目をやると、光の戻った瞳で、子どもたちがみんなこっちを見ていた。何事!?　思わず肩を揺らして目を瞬いた。

「あなた……交代は？　大丈夫なの？」

そっと囁《ささや》かれた言葉に、慌てて手を離した。交代のことなんてすっかり忘れていた。

「う、うん、そろそろむりって思ってたの！」

「その割に元気じゃねーか。Aって、言ってたもんな……オレもそんな魔力があったら……」

ふて腐れたような男の子も口を尖らせた。

「あなたも、聞こえた？　天使様……。だから、そんなに一生懸命しなくていいのよ。しっかり魔力を絞《しぼ》って、吸い取られないよう気を付けて」

……驚いた、この子たちは放出する魔力のコントロールができるんだな。賢い子たちだ。ここを出たら、きっと優秀な魔法使いになれるだろう。

消耗する子どもたちに点滴しながら、土器にはぐいぐい魔力を送っていると、オレも相当疲れた。周囲の魔素で補ってはいるけど、ちょっとやりすぎたかもしれない。不幸中の幸いは、昼食が思ったよりちゃんと出たことだ。魔力持ちの子が消耗しては困るのだろう。ミックよりはずっと上等な食事が出されていた。1日の作業を終え、あの小部屋に帰るのだろうと思ったら、どうやらランクアップしたようで、他の子たちが共同生活をする場所に移された。うーん、人の目が多いから、むしろあの小部屋の方がオレは助かるかもしれない。

「お前はコレを着けろ」

さて部屋に入ろうとした時、胸ぐらを掴まれ、首元にカチャリと何かをはめられた。

「これ、なに？」

少なくとも呪いグッズではないようだけど。

「ふん、お前は魔力が多い。万が一があっては困るからな」

言い捨てて扉を閉められた。触れてみると、固い金属っぽい素材の……首輪だろうか？　ただ、それは継ぎ目のない円形だ。どうやって着けたの？　そして、どうやって外すの……？

「君、魔力多いんだね」

数人の子が寄ってくると、オレの首輪をジッと見てそんなことを言った。部屋の中はたくさんの子どもたちで、さながら学校の教室状態だ。

「それ、着けられるのは魔力の多い子だよ」

「えっ、そうなの？　これなあに？」

「わかんない。でも、たぶん、魔法を使えなくする道具？」

えっ⁉　まさかと、慌ててレーダーを確認したけれど、発動しない！　こそっと試した土魔法も……発動しない！　ええーっ⁉　どうしよう、魔法が使えない、回復も使えない！　あ……収納が使えないと短剣も取り出せない⁉　いや、チュー助はラピスといるから、1本はある。も……もしかして、召喚も使えない⁉

（モモ？　シロ……？）

『マズいわね……魔法が使えないのはマズいわよ』

『ぼくがゆーたを助けるよ！』

恐る恐る尋ねると、２人の声が聞こえてホッとした。

（２人とも、出てこられそう？）

『多分、いけるわ。でもコードレスね』

（コードレス？）

どうやら、オレの魔力は外に出せなくなっているだけで、なくなったわけではないらしい。召喚獣は普段、主の魔力と繋がることで現世にとどまり続けている。オレの外に出てしまうと、使えば使うほど魔力を消費して、やがて送還されるらしい。今の状態で送還されると、この首輪がある限り召喚できないってことか……。

（オレの魔力をめいっぱい詰め込んで、出てこられないの？）

『無茶言わないでちょうだい！　シロならある程度は詰め込めるけど……それぞれ限度があるわよ！　出ては戻って充電するしかないわね』

（うーん、転移とレーダーがないのはかなり危険だね……）

ティアは戦いに向いていないし、チュー助も戦力にはならない。普段と変わりないのはラピスだけか……。

（ラピス、そっちはどう？　早めに戻ってきてくれる？）

「きゅ⁉」

早っ⁉　言った途端に戻ってきたラピスに目を丸くした。あれ？　でもチュー助は？

——ユータが呼ぶなんて緊急事態なの。チュー助は置いてきたの。

かわいそうなチュー助……。ひとまずチュー助を連れ帰ってもらって、事情を説明した。うーん、おいそれとラピスをおつかいに出すワケにはいかなくなってしまったようだ。


「ここで寝るの。ちゃんと自分で用意して自分で片付けること！」

子どもたちは薄っぺらい敷物をそれぞれ敷いて雑魚寝を始めた。オレも入り口近くにスペースを確保して横になる。考えなきゃいけないことがたくさんなのに……今日は疲れたから……眠くて……。どうやら横になった途端に眠ってしまったらしい。ぐっすり眠っていたオレは、乱暴に揺さぶられて目を覚ました。

「んむ……⁉」

と同時に、がしりと口を塞がれた。何事⁉　と目だけを動かしてオレを押さえる手を辿《たど》る。

「んんん！」

「(声を出すなっつうんだよ！　何呑気《のんき》に寝てやがる！)」

しかめ面でこちらを睨みつけるのは、見覚えのあるキツイ紫の瞳。

「(てめえ、厄介《やっかい》なもん付けられやがって!!)」

スモークさん!?　大きく目を見開くと、もう一度騒ぐなと念を押されてから、ようやく口を塞ぐ手を外してもらった。

『スモークさん、どうしてここに!?　どうして分かったの？』

「!?　(これは……念話!?　お前、念話できるのか！)」

『元々モモたちとは念話？　で話してたもん。それで、どうやってここに？　カロルス様たちももう来るの？』

「(コレだ。様子を探りに来た)」

そう言って見せたのは、小指にはまった指輪。あ！　それ執事さんの『オレの居場所が分かる指輪』だ！　これで辿って転移してきてくれたんだね。

「(お前、それ魔力封じだろうが……どうすんだよ。カロルスたちが来るまで、まだかかるぞ。ネズミ野郎が、隷属《れいぞく》の腕輪の効果はないって言ってたが……問題ないんだろうな!?)」

『れいぞくの腕輪……これ？　うん、これは大丈夫！　そうなの、この首輪に困ってるの』

「(困ってるじゃねーよ！　てめえぐーすか寝てたじゃねえか!!)」

『しいっ！　声が大きいよ！』

声のボリュームが上がったスモークさんに、慌てて両手で口を押さえた。

「～～～！」

痛い痛い!!　無言で両頬を引っ張られて涙が滲《にじ》んだ。スモークさん、すぐ乱暴する……。

「（てめぇはここで大人しくしてやがれ！　魔法使えないんだろうが!!　何もするな、お・と・な・し・く！　してやがれ！　あの白いチビは使えるんだろ!?）」

ラピスのことかな？　こくんと頷くと、それなら十分だろうと彼は立ち上がった。

「（俺は情報をある程度集めてカロルスに合流する。もう少し待て）」

『この首輪、外せない？』

「（普通は外せないが、お前は魔力が多い。内部から破壊できるかもな。でも今はよせ、目立つ）」

それだけ言うと、フッと消えてしまった。スモークさん、こんな危険なところで、わざわざオレの側に来てくれた。安心させようとしてくれたのかな。

もうすぐカロルス様たちが来る……オレの胸の中は温かいものでいっぱいになった。魔法が使えなくても戦うことはできる。カロルス様たちの行動が始まったら、オレも全力で動こう。

『主の1人パーティの魔法使いと回復術士が抜けたのはデカイけど、召喚士と短剣使いと従魔術士はいるもんな！　まだまだ一大戦力キープしてるって！』

チュー助は自分が活躍できそうだと、ささやかなエアパンチを繰り出した。

翌朝は早くから起こされて、簡単な食事のあとに、またあの作業に取り掛かるようだ。もしかして作業中はこの首輪、外してもらえるかもしれない。その時にカロルス様が来てくれたら……それが無理でも、外してもらった瞬間に広範囲レーダーを発動して、近くに助けが来ていそうなら逃げ出してもいいかもしれない。

そんなことを考えつつ、みんなに続いて部屋を出ようとした時、シロが声を上げた。

『ゆーた！　待って……？　匂いが……この匂い！』

珍しく緊張感をはらんだシロの声に、思わず足を止めた。

「匂い？」

『そう。うん、間違いないよ！　ぼく、行ってきていい？　見つからないようにするから！　消える人、怪我してる！』

消える人――まさか!?　一も二もなく同意すると、オレもそっと子どもたちから離脱した。

怪我ってどの程度!?　大丈夫……だよね!?　早鐘《はやがね》を打つ胸を抑えつつ、身を隠せそうな場所を探した。

『主、こっちこっち！　誰もいない！』

――オールクリア、大丈夫なの。

チュー助とラピスに先導されつつ、徐々に人気《ひとけ》のない方へ。地下の随分下の方であろう薄暗いそこには、作りかけの部屋がそのまま放置されていた。かび臭いけど、ここならそうそう人も来ないだろう。

『連れてきたよ！』

風のように滑り込んできた大きなフェンリル。その背にはやはり、スモークさんがいた。

「てめ、何してやがる！　ふざけんな！　見つかったらどうするつもりだ！」

ん……なんか元気そうだ。思わずほっと力が抜けた。

「だって、シロが怪我してるって……」

『怪我してる！　血の匂いがするよ！』

「チッ、うるせぇな！　動けるだろうが、構うんじゃねえよ！　俺は俺の仕事をしてんだよ！」

『だって、出られなくて困ってたんでしょ？』

シロの真っ直ぐな視線に、スモークさんはうっと詰まった。

「どうして？　怪我がひどくないなら転移で逃げられるんでしょう？」

「………」

ぷい、とそっぽを向くスモークさんに、首を傾げる。

——この人、もう転移できる魔力がないの。回復するまで待つしかないの。

「えっ⁉　魔力切れ？　どうして？」

ギクッと肩を震わせた彼に目を見開いた。でも、カロルス様たちとパーティを組んでたベテランでしょう？　何があったの……？

「うるっせぇ！　やたら鋭くて強いのがいたんだよ……休んでいれば、ここから出るくらいはすぐに回復すんだよ！」

まなじりをつり上げて怒ると、どかっと乱暴に座り込んだ。途端に顔をしかめたところを見るに、やはり傷が痛むのだろう。

『逃げるうちに、魔力が切れたってわけね』

『騒ぎになってたし、あそこだと見つかると思うよ？　ぼく、上手に連れてこられたでしょ？』

フン、と鼻を鳴らしたスモークさんは、腕組みをして目を閉じた。元々短距離転移だし、魔力不足ならなおさら距離が短かったんだろう。見つかりそうになっては転移したせいで、魔力も回復できない悪循環に陥ってたんじゃないのかな？　黒い衣装で分からないけど、怪我だって決してかすり傷じゃないと思うんだ。

「とりあえずはここで休憩だね。回復したら、出口付近までシロに連れていってもらって、転移したらどう？」

「もう構うな。魔力が回復すれば勝手に出ていく」

そうは言われても、オレの方も勝手に抜け出して、騒ぎになってるだろうから戻れない。

「そうだ、ラピス、カロルス様のところに魔力回復薬があるんじゃないかな？」

――ラピスはユータの側にいるの！

こそっとお願いしてみたものの、頑として受け付けてくれないラピス。押したり引いたり、なだめすかしてなんとか送り出すと、難しい顔で腕組みするスモークさんに視線をやった。

「怪我、大丈夫なの？　この首輪、壊せるかやってみてもいい？　そしたら回復――」

「やめろ！　それを壊せるほど魔力が高まれば、絶対にバレる。傷は大したことないって言ってるだろうが！」

「じゃあ手当てできないか見せて。ラピ……シロが魔法使えるし、洗ったりするぐらいはできるよ」

ラピスの魔法は人体に使うにはちょっと、ね。

「いらん」

取りつく島もない態度に唇を尖らせた。せめて回復薬があれば、ばしゃっとかけるだけでもいいのになぁ。

「――ところで、そんなに強い人ってどんな人？」

「……女だ。武器がおかしい」

「おかしい？　どんな武器なの？　魔剣みたいなの？」

「鞭《むち》だ。確かに、魔剣に近い」

鞭？　珍しい武器で戦いにくいな。変則的な細い軌道は非常に読みづらい。

――ただいま！　これ、早く飲んでとっとと帰るの。

『き、危険……俺様捕まって、逃げられないとこだった～』

ぽんっと帰ってきた2人を両手で受け止めた。ラピスはちゃんと魔力回復薬をもらってきてくれたようだ。さすがは執事さん、言い忘れていたのに普通の回復薬も持たせてくれていた。

「お前はここにいろ。騒ぎが始まったら様子を見ながら上層に上がれ、誰かが迎えに行く。余計なことはするな。……いいか、ここにいて、余計なことはせず、様子を見て上がれ！」

どうして2回言ったの。こくりと頷くと、スモークさんは、じゃあなとも言わずに消えてしまった。

＊＊＊＊＊

「お前が逃げるほどの手練れか……。ユータは大丈夫なんだな!?」

「あそこなら大丈夫だ。……大人しくしてればな」

「ユータ様なら、きっと、きっと無事でいらっしゃいます！　とにかく早く!!」

「エリーシャ様、あなたには残っていただきたいのですが……」

「いやよ！　ユータちゃんを助けなきゃ！　ちゃんとセデスちゃんにはお留守番をしてもらったもの。何かあっても大丈夫よ」

スモークの報《しら》せに、ロクサレン家はさらに加速した。はるか後方に兵を引き離して……。

「入り口は狭い。軍なんか入れねえ！　どうするつもりだ!?」

「狭いなら広げねえとなあ！　お前、中から誘導しろ！　グレイ、風穴開けてやれ」

「真正面から行くのですか!?　リスクが高すぎるでしょう。ギルドも軍も後ろに置いてきてしまいましたし！」

「きっと暴れてるうちに到着するわ。こっそり潜入班と無理やり突撃班に分かれたらどう？」

「私はひとまず中へ……」

「お前とエリーシャは外からだ！　地下なんだぞ、暴れて崩れたらどうする！」

「おい！　俺は先に行くぞ！」

作戦（？）はまとまらないまま、とにかく突入する気概だけは漲らせて、ロクサレン家はアジト目前まで接近していた。

4章　赤い鞭

「!!」

『来たよ！　爆発だよ！　分かんなくなっちゃったけど、消える人の匂いもした……と思う！』

シロが耳をぴんっと立てた。かなり下層にいるオレの耳には何も聞こえないけど、座り込んだお尻に揺れが伝わってくる。カロルス様たち!?　随分派手に来たんだね!?

『ちょっと！　あなたは様子を見ながら上に上がるって話だったでしょ!?』

「うん……でも、この騒ぎだもの、子どもたちが心配だよ」

オレはシロに乗って地下施設を駆け抜けた。何より正確な鼻を頼りに、最短距離であの広間に飛び込んだ時、見覚えのある人物とすれ違った。一瞬絡み合った視線に、その人は少し目を見開いたけど、抱えたものに視線を落として走り去った。

「あ……もしかして、あれが強い女の人!?」

微かに漂う嫌な気配と、清浄な気配。振り返る頃には、長い髪は通路の奥に消えていた。

＊＊＊＊＊

「きゃああ！」

「うわあー！」

突然の爆発音と揺れに、蟻塚付近で作業をしていた子どもたちは、大混乱に陥った。

「ガキども大人しくしやがれ！　くそ、なんで言うこと聞かねえんだ!?」

苛ついた男たちが、棍棒《こんぼう》を振り回しながら子どもたちを隅へ追い詰める。

「侵入者だろう、ひとまずこいつらを縛って牢《ろう》にでも入れておけ！　こいつら、隷属の効果が切れてやがる……あの女、不良品掴ませやがったな!?」

「ねえ、た、助けが来たんだよ……」

「天使さま？　逃げなきゃ」

こそこそと隙を見て逃げ出そうとする子どもに、大男が棍棒を振り上げた。

「ガキが……舐《な》めるな!!」

まさに振り下ろそうとした瞬間、小さな影が男の背中を駆け上がり、棍棒へ蹴りを放った。

「やぁっ！」

「がっ!?」

振り下ろす自分の膂力《りょりょく》をそのまま頭部へ誘導され、棍棒は見事に大男の側頭部にヒットした。

倒れ伏す男を一瞥《いちべつ》して、小さな影が振り返った。

「大丈夫⁉　みんな、上に逃げて！」

自分たちを庇《かば》うように立った小さな勇者。子どもたちは、呆然とその小さな背中を見つめた。

＊＊＊＊＊
「がんばれ！　こっちだよ！」

子どもの団体が、狭い通路を一生懸命走る。シロに乗ったオレが先導役、しんがりはラピスだ。果たしてこの大人数を無事に誘導できるだろうか。

「こいつらっ……⁉」

ドゴッ‼

脇から現れた組織の構成員たちは、シロの高速体当たりで吹っ飛んだ。

『ゆーた、ぼくそろそろ戻った方がいいと思う！』

「分かった！　ラピス、先頭代わって！　みんな、このちっちゃいラピスについて走って！」

「きゅ！」

レーダーのないオレは先導できない。シロを戻して今度はオレがしんがりを務める。子どもたちの足はじれったくなるほど遅いけれど、それでもみんな必死に走って、走った。

「――っ⁉」

バチィ‼

容赦ないラピスは、敵を感知するやいなや魔法を放っている。おかげで速度を緩めることなく進めてはいるけど、そのまま倒れ伏しているだろう人たちが気の毒な気はする。

『ゆうた、首輪を壊しなさい！　敵にも見つかるけど、もう十分目立ってるわ。そろそろ上層も近いし、助けも来るはずよ！』

そうか！　オレがこれを壊すことができたら……！

「シロ、走るだけなら……いける⁉」

『少しなら！』

シロに乗ると、首輪に集中を始めた。膨大な魔力を一気に流して過負荷状態にすれば……。

ピシ、パキ――

お願い、壊れて‼

首輪から微かに軋むような音が漏れ出した。よし、これなら……！

『ゆーたっ！』

『ゆうたっ‼』

「あっ……!?」

シロが突然跳ね上がり、首輪に集中していたオレは、簡単にバランスを崩した。転げ落ちようとするところをシロごとシールドで包み、モモがなんとか支えてくれる。

と、同時に、唸りを上げて何かが足元を通りすぎた。オレを狙った何かは、躱したことで派手な音を立てて通路の壁を破壊した。

「きゃあああー！」

「たすけてー！」

突如間近で起こった破壊音に、子どもたちが恐慌に陥りそうになっている。

「大丈夫、このまま上に行って！　もうすぐ助けが来るから！　ウリス、オリス!!　お願い！」

管狐部隊は大部分の敵を引きつけるカロルス様たちに、とアリスに任せていたけど、ごめんね、子どもたちにも貸してね。

土煙の中、シュル……と舞い上がったのは赤い――鞭？　生き物のように蠢《うごめ》く鞭は、通路の奥へ引き戻されて消えた。ザク、ザクと近づく足音に緊張が高まる。

「お前、なんだ？　子ども……？」

赤い鞭を携えて現れたのは、男だった。怜悧《れいり》な赤い瞳の男――スモークさんは鞭を使う『女』だと言っていた。その人じゃない。でも、この人もすごく強い……と思う。

「まあいい。せっかく育てているものを――何連れ出そうとしてやがる!!」

唸りを上げた鞭は、真っ直ぐにオレを狙った。

『ゆーた！　――行くよっ!!』

オレは頷いて、ぺたりとシロに身を伏せた。素早く飛びすさって難なく避けた一撃は、途端に反転して空中のシロを急襲する……！　フェンリルの巨体は、まるで曲芸のようにくるりと回ってさらに回避した。鞭の軌道をかいくぐり立体的に駆け回るシロは、壁を蹴り、天井を蹴って一気に懐へと肉薄する。瞬時に逆転した攻守に、男が歯がみして左手の剣を抜いた。

「舐めるな！」

「シロ！」

『ゆーたっ！』

阿吽《あうん》の呼吸で上下に分かれると、禍々《まがまが》しい剣がオレの頭上を空振った。ぞわっとする感覚を押しやり、勢いのままにスライディングですり抜ける。

「ぐうっ！」

すり抜けざまにオレが腰から足を。空中のシロが、胸から肩を……！

「きゅうっ！」

バチバチバチィ!!　重ねるようにラピスの雷《いかずち》が貫いた。

ザッ、と体勢を整えて振り返ると、３連撃を受けた男が煙を上げて倒れるところだった。

「きゃあーっ！」

ほう、と一息吐く間もなく、先を行っているはずの子どもたちの悲鳴が届いた。同時に、重い破壊音が響いてくる。

——ユータ、あっちにも敵が来たの！　急ぐの！

『ゆーた、ごめん、ぼく戻るよ！』

シロが危うく送還されかかって、オレの体に飛び込んだ。走りながら首輪に魔力を込めるけど、そんな片手間で壊せるほど甘くはなさそうだ。

「さあ、戻りなさい。あなたたちには使命があるでしょう？　神様に身命《しんめい》を捧げなさい」

子どもたちの前に立ちはだかるのは、場違いなほど優しい声で囁くあの女。果たしてその手には、赤い鞭が握られていた。

最初の攻撃はなんとかウリスとオリスが逸らしたようだ。破壊された通路に、まだ土煙が舞っている。

「ラピスっ！　ウリス、オリス！」

「「「きゅうっ！」」」

ラピス部隊の真骨頂、即座に連携した全方位攻撃を展開！

「この……っ！」

途端に赤い鞭がバラララッと分かれると、意思ある生き物のように猛攻をいなしていく。

「みんな！　行って!!」

なんとか子どもたちを押しやって、かすり傷ひとつなく攻撃をしのいだ女に向き直った。ガラガラと崩れる壁の中、女の無感動な瞳がオレを見つめる。

「あなたは……。そう、せっかく目をかけてあげたのに、裏切るのね？」

女が、冷たい微笑みを浮かべた。怖い……呼吸しづらいほどの圧迫感を感じる。

「――最初からそのつもりだよ！　オレは、オレのかみさまを知ってるんだから！」

抜けるように白い肌、金色の髪に金色の瞳。探るようにじっとオレを見つめるのは、とてもきれいな人だ。……でも、人形のようなその存在感は、何かが足りないと思わせる。さっきは、もっと人間らしかったと思ったけど。

「さっき、何を抱えていたの？　大事そうだったけど？」

「!!」

美しい顔が憎々しげに歪んだ。でもその方が、まだ人間らしく思える。溢れ出すのは、魔力がなくても感じる、強者のオーラ。オレは冷や汗を掻《か》きながら、綱渡りの会話を続けた。

「あれは何？　どうして魔力を集めていたの？　持っていったの、魔力を蓄えたやつ、だよね？」

「お前には関係のない――」

パキ、ペキ――パキンッ！

カラリ、とオレの足下に首輪が転がった。よしっ……!!

「ち……時間稼ぎかっ！」

柳眉を逆立てた女が、サッと腕を振るった。しなやかに舞った鞭は、空中でスラリと分かれると、槍《やり》と化して襲いかかってくる。

ドスッ！　容赦なく繰り出される鞭は、固い地盤をまるで豆腐のように深く抉《えぐ》った。感じるのは、緻密《ちみつ》に纏われた魔力……この鞭は既に、触れたら切れる刃《やいば》となっているだろう。

もはや振るう腕となんら関係なく蠢くそれは、四方から致命的な連撃を繰り出した。

「うっ！　くぅっ！」

一撃一撃が、重い……！　受け流し切れない。早々に痺《しび》れた手に、無理だと判断してひたすら避けることに専念した。

『ゆーたっ！』

「あっ……」

ガギィンン!!

突きから横なぎに払われた一撃を避け切れず、受けた左手のナイフが弾かれた。同時に下から抉るようにもぐり込んできた鞭を、モモのシールドがかろうじて防ぐ！

攻撃は防いだものの、軽い体は衝撃を受け止め切れずに吹っ飛んだ。空中のオレに向け、食虫植物のように広がった鞭が、無慈悲《むじひ》にその顎を閉じようとした。

「「きゅうっ！」」

『ゆーたっ！』

ラピス部隊の猛攻が鞭の速度を緩め、すんでのところで、シロが閉じようとする顎からオレを攫った。

はあ、はあ……。身構えながら、荒い呼吸を整える。強い……オレよりずっと上の実力者だ。

こっそり回復しつつ、なんとか逃げる算段はないかと頭を巡らせた。攻撃が、速すぎる……！

鞭の射程から逃れなければ、オレの緩やかな転移では間に合わない。

『攻撃が鋭すぎるわ！　受けられるとは限らない！　いい、避けるのよ!!』

『ゆーた、乗って！　走ればきっと逃げ切れる！』

「でも、今逃げたら子どもたちが……」

彼らはまだ地上に出ていない。追いつかれてしまう。もう少し、もう少し離れたら……。

ザク、ザク……

じりじりと後退するオレの耳に、下の通路から響く足音が届いた。その気配に、オレは口の中がカラカラになるのを感じる。

「――この野郎……」

地を這《は》うような声と共に現れたのは――先ほどの男。着ていた服はすっかりボロボロになっていたけど、既に傷はなかった。

「みっともない。油断したわね」

「うるさい。これから挽回《ばんかい》すりゃいい」

……どうしよう。勝てない……逃げられない。前後を挟まれ、鞭の射程から逃れることすらできなくなってしまった。一か八かで転移するしかない？　最悪、頭と胴さえ繋がっていれば、回復でなんとかなるだろうか。さっきまでの攻撃を見るに、むしろみじん切りになりそうだ。随分と分の悪い賭《か》けになるけれど……。

その刹那《せつな》、突然感じた危険信号にその場を飛び退いた。前後の２人も咄嗟に身構える。

ザシュウッ――

ドッゴォ――

「ユータ様がいらっしゃると言ったでしょう!!　それで怪我したらどうするんです!!」

「ここですっ！」

土煙と共に、ガラガラとオレの左右の壁が崩れ落ちた。

「いやぁ、ユータなら避けられるだろうし……」

「いたわ！　ユータちゃん、無事ねっ!?」

右には剣を振り抜いたまま、執事さんに胸ぐらを掴まれるカロルス様。左には覗き込むエリーシャ様と、壁を蹴り抜いた美しい姿勢のマリーさん。

「大人しくしてろと、様子を見て上がれと……そう言ったはずだが!?」

そして、オレの目の前に出現した不機嫌な背中。

来て……くれた……。ぐっと喉が詰まって唇がひん曲がる。オレは、思わず砕けそうになった足を踏ん張り、潤《うる》んだ瞳をごしごしと擦った。

「あなたたちが邪魔者ね。せっかくいい巣を確保したのに」

ぞわっと背中が泡立つような感覚。カロルス様たちが、オレを真ん中に囲む形で2人に相対した。

「見覚えはないな。こんな実力者がこの国にいたのか？」

「他国から流れてきたのかもしれませんね」

苛立った男が、目をつり上げて鞭を唸らせた。

「どうでもいい！　そいつを寄越せ！」

今度は最初から本気のようだ。空中で無数に分かれた鞭が、不規則な軌道でオレを狙う！

ギギギィン！

間近で激しい金属音と火花が散った。

「……私の前で、ユータ様に手を出せるとは思わないことです」

「ユータちゃんに乱暴を……許さないわよ……！」

スモークさんよりさらに前に飛び出した華奢な2人は、鋼《はがね》と化した鞭を体術で防いでいた。す、すごい……。ただ、エリーシャ様は戦闘服らしいものを着ているけれど、マリーさんはどうしてメイド服にガントレットなんだろう。

「……俺は防げねえからな」

あいつらと一緒にするなと、スモークさんは肩をすくめた。簡単に防がれた攻撃に、男が表情を引き締めたようだ。思わぬ強敵に、その表情は雄弁に語っていた。なんだこいつら？なんだこの……メイド!?

「行くぜっ！　俺たちはとっとと帰るんだからな!!」

カロルス様の咆吼と共に、オレにとっての第2ラウンドが始まった。

ギャギギギギギ!!

女の鞭と、カロルス様の剣。凄まじい速度の応酬《おうしゅう》に、攻防の音が間断なく聞こえる。分裂した鞭の猛ラッシュに、カロルス様の神速の剣がことごとく対応する。

「うらぁ！」

「――ランス！」

弾幕《だんまく》のような鞭の猛攻の中、カロルス様が鞭を弾けば、すかさず執事さんが針の穴を通すように魔法を放った。往年の信頼関係を物語る、抜群のコンビネーションが繰り広げられる。

「おまけだっ！」

カロルス様の飛ぶ斬撃が、魔法を追うように放たれた。

「くっ……！」

今まで、ほぼその場から動かなかった女が、大きく体勢を崩して飛びのいた。同時に、ヒュンヒュンと頭上からミサイルのように鞭を繰り出す。飛びのけば横に払われる不規則な軌道に、次々飛びすさってカロルス様たちも大きく後退した。

「厄介だな……あれは武器か？」

「もはやひとつの器官ですね……まるで触手《しょくしゅ》です」

カロルス様と執事さん、そして女は、仕切り直しとばかりに睨み合って対峙した。

「はああっ！」

「らあぁっ！」

ドガガガガ!!

押して、押して、押して、押して、押せ!!　まるで2人の気性を表すかのような猛攻に、男はじりじりと後退させられていく。

「ちぃぃっ！」

焦る男が展開する鞭のラッシュをものともせずに、可憐《かれん》な2人はほんの瞬きの躊躇《ためら》いもなく懐へ突っ込んでいく。

「はぁっ!!」

エリーシャ様が、火花を散らしながら鋼の鞭とジャブで渡り合い、弾いた瞬間、回し蹴りでさらに突破口をこじ開ける！

「つらぁ!!」

その足下から滑り込んだマリーさんが、伏せた姿勢から強烈な蹴りを放った。メイド服の裾《すそ》が、遅れてふわりと舞う。

「がふっ!?」

吹っ飛んだ男が、壁に激突寸前で鞭を振るい、体勢を立て直した。

「ぐ……っのやろうっ‼」

息吐く間もなく肉迫する2人に憎悪の視線を向けると、密度を増した鞭の壁が蕾《つぼみ》のように男を包んだ。

「⁉」

次の瞬間、一気に開かれた花弁は、衝撃波と共に強烈な斬撃を放った。2人は巧みにガントレットで弾きつつ、捌き切れないものを全身の強化で受け止め飛びすさる。そして、2人の圧を退《しりぞ》けた男が、微かに口角を上げた。男に生じた、一瞬の気の緩み。

「俺もいるぞ」

男と重ならんばかりの背後に出現したスモークさんは、既にナイフを引き切っていた。

「──目立たねえけどな」

完全に喉笛を掻き切られ、男はどしゃっと沈んだ。

……みんな、強い……。両者の凄まじい応酬に、オレは何もできずに立ち尽くしていたことに気付いた。邪魔になってはいけない、でも、オレにもできることはある！

「オレも……できることをする！」

すくうように胸の前に両手を掲げると、オレからふわっと光が立ち上った。両手に収束した光から、溢れ出すようにひらひらと光の蝶が飛び立っていく。

「これは……あの光の蝶？」

「これが、『天使の光』か……」

「ああ、美しい。体が癒《い》えていきます……」

「ユータちゃん、本当に天使みたいよ」

疲労ごと回復していく蝶に、カロルス様たちはオレに笑顔を向け、女に向き直った。

「諦めて投降したらどうだ。もうお仲間はいないぞ、いくらお前が強くても、多勢に無勢だろう」

「生意気ね……。あなたたちの相手をする必要はないのだけど、生意気なのはいただけないわ。痛い目を見なくてはね」

第3ラウンド、だろうか。カロルス様たちがオレを背後に庇い、ザザッと女の周りに展開した。鼓動のうるさい胸を抑えて、オレも回復と防御中心にサポート態勢を取る。ラピスはもっぱらオレの援護として貼りついて、動こうとしない。

「行くわよ……マリー！」

「ええ！」

飛び出した2人に襲いかかるのは、鋼鉄の槍と化した数多《あまた》の鞭。2人は咄嗟に背を合わせるように寄り添った。死角を減らして攻撃をいなしつつ、じりじりと間合いを詰めていく。

そんな、真正面からあの攻撃を受けに行くなんて、無茶だよ！　その華奢な肢体には、じわりじわりと血の染みが増え、この女が先ほどの男より格上であることを示していた。

オレは慌てて光の蝶々を集中させて、片っ端から2人の傷を治す。背中を預け合って真正面から挑む2人の姿は、まるで4本の腕を持つカーリー神のようだった。

「やるぞっ！」

カロルス様の唐突な声と共に、2人がサッと姿勢を下げた。と同時に2人の背後から出現した巨大な斬撃が、防護壁となった鞭に激突する！

「――フレアブレード！　フリーズアロー！　フリーズアロー！」

間髪入れず、斬撃と寸分違《たが》わぬ位置に着弾する圧倒的な量の魔法。それでもなお、鞭は傷つくことなく立ちはだかっていた。

「うふふ、甘かっ……」

「っしゃああ！」

ギギギ――ィィン
ぼっ！　と氷結のもやから飛び出してきたカロルス様に、女が目を見開いた。一体何回斬ったのか、音ですら判別のつかない神速の剣が、最初の斬撃と全く同じ位置を執拗に攻撃する。

パキキ、パキキィ……。ついに鞭から悲鳴が上がり、脆《もろ》く亀裂が入った。

「せぇぇぇいっ!!」

それでもなお振りかぶられた鞭に、エリーシャ様の渾身《こんしん》の回し蹴りが炸裂《さくれつ》する。

パキョッ……パキィ……ン——!!

およそ鞭とはほど遠い破壊音と共に、鋼の防護壁が一部崩れ去った。

「——フレアバレット!」

こじ開けられた空間に、すかさず灼熱《しゃくねつ》の弾丸が撃ち込まれる。

「こっ……の!!」

女がぶわりと金色の光を纏うと、弾丸が次々と弾かれていく。

「ちぃ!　シールドか!?」

灼熱の弾丸はドドドッと金色のシールドに着弾するものの、もうもうと煙を上げることしかできなかった。

「詰めが甘いわよ」

怒涛《どとう》のラッシュを耐え切った女が、ゆっくりと口の端を上げた。

「そのまま、お返しします!」

煙を掻き分けて現れたのは、白く華奢な足。

「っ!?」

パ……キィ…………ン！

全身を使った大ぶりの回し蹴り。純粋な物理攻撃が、魔力特化のシールドを破壊する……！

蹴り足の遠心力で思い切り回転しつつ上体を起こすと、マリーさんは鋭い勢いのままに伸び上がって……

ドガァッ!!

激烈なアッパーカットを決めた。常人なら木っ端微塵《こっぱみじん》になるほどの威力が込められた一撃。

まともに食らわせながら、カロルス様たちは微塵も油断せず、吹っ飛んだ女の行方を追った。

「おいおい、ドラゴンにだって通用する攻撃だぞ……」

ガラガラと崩れ落ちる壁の中、果たして女はふらりと立ち上がった。

「……今はこれ以上損傷したくないわ。ソレで今回の手打ちとしましょう！　レミール！」

「――っはは!!」

突如間近で聞こえた男の笑い声に、振り返るよりも速く、背後からオレを覆い尽くしたのは、膨大な鞭の槍。

ラピスが、必死に迎撃しようとするのが見える。少しでも避けようと捻った体に合わせ、鞭の軌道も変わったのが見える。ついにモモのシールドを抜けたそれは、随分とゆっくりに見えるのに……比例してオレの体もゆっくりと動いた。オレは、眼前に迫った槍をどうすることもできずに睨みつけた。

突如、強い力にぐいっと首根っこを引っ張られ、体が浮いた。その瞬間、スローモーションだった世界が一気に元の時間を取り戻した。

ズドドドド!!

オレの足を掠《かす》めて、次々と地面を抉り込んだ鞭。オレの背中を冷たい汗が流れた。こくりと喉を鳴らして見上げると、片手にオレをぶら下げていたのは、突如その場に現れた新たな男だった。鞭を振るった男には見向きもせずに、金色の瞳で女の方を見つめている。

「あんたは？　助かった、ありがとう……」

いつの間にかオレの目の前まで来ていたカロルス様に驚いた。あのままだったらカロルス様を巻き込んでいたんじゃないかと、改めて体が震えた。

男はぽいっとオレをカロルス様に投げ渡すと、女の方へ一歩踏み出した。金の瞳、黒い髪。ぎゅっと引き締まった均整のとれた体。その野性的な姿は、こんな時でもなお、雄々しく美しいと思えた。

「……どうして」

女の表情が驚愕に染まって、後ずさる。

「なんだてめえは！」

必殺の一撃を躱され、背後の男が憤《いきどお》った。この人、どうして生きているの……？　全身真っ赤に染まっているのに、やはり傷はない。明らかな致命傷だったはず。いつ、どうやって回復したのか。

男は、白い頬にべったりと淡い金髪を貼りつかせ、幽鬼《ゆうき》のような形相でこちらを睨んだ。

「邪魔するな!!」

翻《ひるがえ》った鞭に、カロルス様がオレを抱えて飛びすさった。じっと女を見ていた黒髪の男は、憤る男をちらっと見て、煙るような金の瞳を細める。なんの気負いもなくスッと手を振ると、数多の鞭が一斉に反転し壁面に貼りついた。突然力の向きを変えられて、男がたたらを踏んだ。

「大人しくすれば手は出さん。……借りを返しただけだ」

壁に貼りついた鞭には、よく見れば小さなクナイのようなものが刺さっている。明らかな実力差に、男が顔色を変えて後ずさった。

「あっ⁉」

黒髪の男の視線が外れた瞬間、前にいた女が身を翻した。

「待てっ！」

咄嗟に追いすがろうとしたカロルス様たちが逡巡《しゅんじゅん》する。オレを連れていけない。戦力を分断すれば勝てない。追いかけたとて勝てねば意味はない。

「……っくそ」

小さな呟きと共に、血塗《ちまみ》れの男の姿も消えていた。男は文字通り消え、レーダーにも映らないけれど、女の方はどんどん上に向かっている……！

「ラピス、みんなのところへ！　戦わなくていいから、逃げて！　守って!!」

「きゅっ！」

既に子どもたちは全員地下組織の外で保護されている。ラピス部隊も配置すれば、わざわざ手出ししてくることもないだろう。

「……追わなくていいのか？」

ラピス部隊が援護に向かったのを確認して、カロルス様が窺うように黒髪の男へ尋ねた。

「そこまでてめーらの味方をするつもりはない」

フン、と顎を上げた男はどこか悲しげに見えて、オレは思わず駆け寄った。

「ルー！　ありがとう……!!」

ちっとももふもふしない、固い体をぎゅうっと抱きしめる。何を聞いても、きっと答えてくれない気がして、少し悔しかった。

力いっぱい抱きしめると、ルーはピクリと体を揺らした。

「……なぜ分かる」

「なぜって？　その格好のこと？　ルーって人の格好になれたんだ、ビックリしたよ」

ルーは少し呆れた顔をしたあと、がしっとオレの顔を掴んだ。

「これで借りは返したぞ。もう助けねー！　次も俺が助けに来るとは思わないことだ」

借りって……もしかして出会った時の浄化のことかな？　そっか、そのことをずっと覚えてくれていたんだ。オレはルーの大きな手をのけると、にっこりと見上げた。

「うん！　来てくれてありがとう！」

「ユータ様のお知り合いですか？　ご尽力感謝致します」

執事さんがすっと進み出ると、さりげなくオレを自分の後ろへ誘導した。執事さん、これルーだよ？　オレが口を開こうとすると、金の瞳が『黙ってろ！』と睨みつけた。

「それで……大変不躾《ぶしつけ》で申し訳ありませんが、ご関係を伺《うかが》っても？」

「別に、何も関係ねー。ただ借りを返しただけだ」

プイとそっぽを向いたルーは、どこからどう見ても人間だけど、同時にどこからどう見てもルーだって気がする。

「その髪――。もしや、お国の繋がりで？」

そういえばオレと同じ、珍しい黒髪。お揃いに、オレのボルテージが一気に上がった。

「うん！　じゃあ親戚のお兄ちゃんにする！」

「なっ⁉　て、てめー⁉」

「お前なあ、それは違うって言ってんのと同じだろうが」

「――左様ですか。まあ、ユータ様が心を寄せていらっしゃるならいいでしょうか」

半ば諦めたように、執事さんも首を振った。

「私たちが詮索《せんさく》できる人じゃないもの。味方をしてくれただけ、感謝しないとね！　本当にありがとう！」

「その通りです。ユータ様をお守り下さって、心より感謝申し上げます」

ルーはみんなからの注目を浴びて、気まずそうに視線を逸らした。

「好きで関わったわけじゃねー。てめー、俺を送れ」

「送れって……転移は？　転移で来たんでしょう？」

「お前を辿ってきただけだ。転移はできん」

そうなんだ！　ルーなら一瞬で走って帰れるだろうけど……今獣型《けものがた》に戻ったらバレバレだしねぇ。ただ、カロルス様たちも薄々気付いてると思うけどな。

みんなと一緒に帰ろうと誘ったけれど、頑として拒否されてしまった。仕方なく、カロルス様たちに断って、一旦ルーを森の湖まで送る。

「ねえ、どうして人の姿だったの？」

湖に着くなり、ルーは金の光を纏って漆黒《しっこく》の獣に戻った。

『あんな狭い場所にこの姿で行けるか』

ああ……確かに。狭いところの戦闘にはとても不向きな図体だ。さっそく寝る態勢に入ったルーにどさりともたれ込んで、柔らかな毛並みに顔を埋めた。

「ねえ、いろいろと、知りたいよ。教えてはくれないの？」

『……俺はてめーを見張ってるだけだ。味方じゃねー……忘れるな。次はてめーが死んでも助けねえ』

「——分かった。オレ、もっと頼れる男になるよ。ルーがオレを頼れるぐらいになったら、いろいろと教えてね？」

『てめー……俺の話を聞いてるか？』

その悲しみに、いつか寄り添えますように。どこか憮然とした獣にぎゅうっと抱きついて、そう願った。

＊＊＊＊＊

あれから、どのくらい経った？　どうして、どうして俺はあの時飛び出していかなかったのか。俺はこれからも、こうしてヤツらの片棒を担ぎ続けるのか。

ユータが連れていかれてから、ミックは悶々と考え続けた。どうして自分はこんなに力がないんだろう、ヤツらの悪事を知っていても、訴えることさえできない。

でも——もし、もし妹とここを出られたら、文字を習おう。せめて自分にできることを探そう。薄暗い馬車の荷台で、ミックは先のことを考える自分が少し可笑《おか》しくなった。

その時、突如激しい馬の嘶きと共に、馬車が大きく揺れた。ミックは堪らずゴロゴロと転がって壁に頭を打ちつける。こんなボロ馬車に、野盗!?

「なんだ!?」

「どうなってやがる!?」

外では荒くれたちの怒号が響く。襲われている!?　死にたくない……だって、ここを出て、文字を習って、それで……。蹲って震えるミックは、自分の考えにふと、違和感を覚えた。そうか、俺……生きたいんだな……。

割とどうでもいいと思っていた、自分の命。ただ、妹が心残りで、だらだらと生を繋いでいただけ。でも。

——飯が、美味かった。あんなに美味しいもの、初めて食べた。

――人と、話せた。自分のことを話して、分かってもらった。人と話している時、あんなに長く顔を見るものなんだって思い出した。

何も映していなかった瞳に焼きついた、黒い瞳。あんなに小さいくせに、俺を助けるなんて言った。胸の内にどうしても生まれてしまった希望は、叶《かな》えられなければただの苦しみになるかもしれない。でも、胸を焦がすそれは、決して不快なものじゃなかった。

「…………」

ミックの震えは止まっていた。胸の内にある希望を抱きしめて、顔を上げる。もし、この馬車が襲われているなら、それこそ脱出の好機。このままではきっと妹は助けられない。脱出さえできれば助けを求められるかもしれない。ミックは扉の側で耳をそばだて、息を潜めた。この扉が開いた時、一か八か、飛び出してやる……！　ミックは、生きたいからこそ、その命を燃やす決意をした。

ガチャ、ガチャリ！　思いがけずガバッと開かれた扉から真昼の日差しが差し込み、ミックは思わず目を細めた。

「――遅くなってごめんね。ちゃんと……助けに来たよ！」

眩しい日差しを背負って扉を開けたのは、小さな小さな人影。限界まで張りつめていた緊張がぷつりと切れて、ミックはへなへなと座り込んだ。

抗《あらが》えない希望を押しつけていったそいつは、にっこり笑って小さな手を差し出した。

「さあ、行こう？」

思わず伸ばした俺の手は、日の光に晒《さら》されて随分と貧弱で……それでも、その光は温かかった。

＊＊＊＊

あとのことをギルドの人たちに任せ、ミックを子どもたちのテントへ連れ帰る。なかなか泣き止まないミックのために、少し遠回りをして到着した。

「ミック、オレはカロルス様たちのところにいるから、向こうに戻ったらまた会おうね！」

そわそわと子どもたちに目を走らせるミックは、じゃあね、と手を振ると、慌てて手を取った。

『ユータ……ありがとう。本当にありがとう。俺、今はなんの力もないけど……きっとお前を助けられるようになるから。ユータが困ってたら、俺、絶対助けるから……！』

見違えるほど強い瞳の輝きに、オレは心から微笑んだ。

「うん――ありがとう」

ミックは、自分の台詞に少し照れた様子で、手を離して顔を赤らめた。

「ねえユー……えっ？」

テントからオレに駆け寄ろうとした子が、訝しげな様子でこちらを窺った。土器のところで声をかけてくれた、しっかり者の女の子だ。じっとミックを見つめると、その瞳がみるみる潤んだ。対するミックも、わなわなと体を震わせて視線を絡ませていた。

＊＊＊＊

「うそ……？　おにい、ちゃん？　……お、お兄ちゃんー!!」

あっという間に溢れ出した涙を置き去りに、妹はミックに飛び込んだ。

「なんで！　こんな、痩せて!!　ごめん……私が、捕まったから。私のせいで……!!」

見る影もなく痩せ衰えた兄の姿を見て、妹の瞳に強い後悔と怒りが滲んだ。ぶんぶんと首を振るミックは、俯いて震える妹に、もどかしげに口を開いた。

「ち、違うっ!!　ミーナ、違う！」

ミックの口から零れ出た言葉に、２人が揃って目を見張る。

「……お兄、ちゃん？」

「声が……声が！　ミーナ、声が！　なあ、お前にも聞こえる……か？」

「き、聞こえる!!　聞こえるよぉ……お、お兄ちゃん、声、低く、なったね……」

透明な涙を溢れさせ、ミーナは微笑んで泣いた。もう、何が起こったかなんてどうでもよかった。ただ、兄の声が戻ったことだけが事実だった。

「ミーナ……謝るのは、俺。ごめん、助けられなくて……」

どんな言葉でもいい、その声を聞いていたい。痩せ細った体を抱きしめ、ミーナはただ、ミックの唇が動くのを見つめていた。幼い頃に聞いたきりの声、今や聞き覚えのないその声は、まるで大人の男のように芯を持ち、頭を撫でるその手は、とても大きく感じられた。

5章　子どもだからこそ

転移で戻りたいけど、大勢の人に見られている手前使うこともできず、オレたちはゆっくりと帰っている。カロルス様たちは速度優先で馬を乗り継いできたので、馬車がなかった。迎えを寄越すから待ってくれと懇願《こんがん》されたけど、貴族様ご一行は無情にもさっさと逃げ……旅立ってしまった。

「面倒な手続きをやらされるのはごめんだ！　ギルドに任せる！」

と言い置いて。

オレは嬉しそうに走るシロに乗って、カロルス様たちに併走していた。道すがら、こってり、もうこーってり絞られて、少しどころでなくヘコんでいる。反省はしてる……後悔もあるけど、でも、それでもオレが囮になるのがベストだったんじゃないかとも思う。

『ぼくは、ユータがしたいようにするのがいいと思うよ』

『それが大勢にとってベストだからって、誰にとってもベストとは限らないわ』

『主、大活躍したのに！　なんで怒られんの!?』

――ユータは、もっと自分を守らないといけないの。反省するの。

うう……慰められているのか叱られているのか。傷心には色んな言葉が突き刺さる。オレはくたっとシロに身を任せ、なびく艶《つや》やかな毛並みを眺めた。心配、かけてごめんね……。でもね、やっぱりオレはまたやると思うし、やるべきだとも思う。

心配してくれる心を嬉しく感じつつ、思うようにさせてもらえないもどかしさも感じる。親の心子知らず、子の心親知らず――そんな言葉が浮かんで苦笑した。

「ユータちゃん、またすぐに帰ってくるのよ？」

「セデスが拗《す》ねるぞ、早く帰ってこいよ」

「ああ～～ユータ様ぁ……！」

最寄りの街で宿を取りつつ、オレたちはハイカリクに戻ってきた。カロルス様たちはギルドに一言声をかけると、追っ手を振り切り、名残惜しそうなマリーさんを引っ張って風のように帰っていった。……執事さんを置いて。

「……ふぅ」

「お、おつかれさまです……」

「いえ、まあ一応これも執事の仕事ですから」

面倒なことが全部回ってくる執事さん。それだけ優秀ってことなんだろうけど、お気の毒です。

「そうだ！　ねえ、執事さんお腹空いた？　あのね、美味しいお店を見つけたんだよ！」

オレはパッと顔を輝かせて執事さんの手を取った。カサカサした大きな手を引っ張って、2人で日の沈みかけた街を歩く。美味しいスープを思い出して、お口の中にじゅわっと唾液《だえき》が溢れた。あのスープなら、執事さんもきっと元気になるよ。

「……ふふ、そうですねえ。このくらいは許されるでしょうか」

手を繋ぎ、口元を綻ばせた執事さんを見上げて、オレもにっこり笑った。


「も～ユータ、心配したんだから～！」

「お前ってホント時々突っ走るよなー！　そういうとこがポンコツなんだよ」

ずーん……。学校に戻ったら戻ったで、2人からもお説教を食らって、オレは朝から日陰を背負っている。放ったらかしにしていたムゥちゃんからも、怒りの葉っぱ攻撃を受けてしまった。ちゃんとムゥちゃん用にお水を置いていたのに……。

「「――で、どうだったの!?」」

ずずいっと身を乗り出す2人は、瞳きらきら、鼻息は荒く――ああ、2人とも冒険に置いていかれたみたいで、怒っているところもあるんだな。でも、どこまで話していいものやら……。

ただ、きっと2人が聞きたいのはカロルス様たちの戦いだろう。あれはすごかった。思い出すと再び興奮してくる。オレは身振り手振りを交えて吟遊詩人《ぎんゆう》のように語ってみせた。

「はあ〜〜やっぱすげーな、俺もいつか――」

タクトは、ほう、と恋するオトメの表情で遠くを見つめた。

「うーん、やっぱりどんな依頼でも何が起こるか分からないね〜これから依頼を受ける時は、些細《ささい》な依頼でも、甘く見ないで気を引き締めないと〜」

ラキは今後のパーティでの活動と絡めて、真剣に考えてくれているようだ。小さな依頼から丁寧に……か。色々な力があったって、使えなかったら意味がないよ。小さなことから、経験を積むこと、かなぁ。オレは、黙ってムゥちゃんのおでこをつついた。

「よーし！　ユータも帰ってきたし、じゃあ授業終わったら討――」

「今日はさ〜、ちょっとゆっくりしようよ〜」

勢い込んで身を乗り出したタクトに、ラキからの待てがかかった。

「な、なんでだよ!?」

「だって、ねえ――？」

「ん……まあしゃーねえか」

なんとなく視線を感じて顔を上げると、苦笑したタクトがオレの頭を撫でた。首を傾げてみたけれど、なんでもねえ、と笑った。タクトが『ゆっくりする』を選ぶなんて珍しい。午後から久々の依頼を受けるはずだったけれど、オレはどこかホッとしてムゥちゃんを撫でた。

◆◇◆◇◆

「君たちももうすぐ2年生だねっ！　みんなすっごい優秀で先生は嬉しいです！　いやもうホントに!!　優秀すぎて魔法の授業、次何しよっかなーとか思わなくもないけど。でもでも、1年生でほとんどの子が仮登録してるなんてないことだよ！　2年生では冒険者として動ける時間も増えるから、みんなも本登録に向けて頑張ろうね！　でも命を大切にね！」

メリーメリー先生はいつも元気だ。うっきうきと話す様子は見ていて楽しい。森人ってみんなこんな感じなのかな？　そういえば海人――ナギさんのところにも行くって約束してたっけ。

2年生になれば、冒険者登録する子や、学費のために働く子が増えるのに対応して、必要な授業の数はぐっと減る。長期のお休みも取れるし、どこか遠くに行くのもいいかもしれない。

「ユータ、行こう～？」

先生の弾む声をぼんやり聞いていたら、いつの間にかぞろぞろとみんなが教室から出ていくところだった。

「あ……う、うん！」

えっと、次は教室移動だっけ!?　慌てて立ち上がると、ラキがじっとオレを見て言った。

「ねえ、今日はゆっくりすることにしたでしょ～？　授業終わったら何して遊ぶ～？」

「うーん、みんなは街で何して遊んでるの？」

「僕たちぐらいになったら、何かとお手伝いする子が多いからね～あんまり遊ぶ時間はないんだけど、街の林で木の実拾いとか～、川遊びかな～？　食べ物探しのついでだけどね～」

そっか、みんな大なり小なり働いているんだね。まだまだ小さいのに偉いなぁ。昔は栗拾いとか、銀杏《ぎんなん》拾いをしたっけ。だんだん夢中になっちゃって、気付けば崖の縁まで行ってしまったり。楽しかったな、たまにアケビとか見つけると嬉しくて。

「木の実拾いか……楽しそうだね」

「そう～？　おやつになる分を拾うのは楽しいかもね～？　じゃあ、林に行ってみる？」

「いいの？　行ってみたいな」

生前の山を思い出して少し笑ったオレに、ラキもにっこりと笑った。

「よーし！　全力で集めるぞ！　ユータ、集めた実でなんか作ってくれ！」

林に着くなり腕まくりしたタクトが、ニッとオレに笑顔を向けた。

「う、うん……でもオレ、これ食べたことないの。甘いの？　どうやって食べるの？」

「食べたことない～？　美味しいよ！」

ラキはそう言って、足元の固そうな実を拾うと、えいっと半分に割った。ピスタチオみたいな固い殻《から》の中には、黄色い干しぶどうのような実が入っていた。全く未知の木の実に、首を傾げて見つめる。これを、どうやって食べるの？　すると、ラキが黄色い実を摘まんであーんと差し出した。このまま食べられるんだ！

「わあ！　美味しい！　ちっちゃいけど美味しいね！」

促されるままにぱくっとお口に入れると、柑橘《かんきつ》系のドライフルーツみたいだ。爽《さわ》やかで甘酸っぱくて、ごくほんのりとした苦みがあった。

「美味いだろ？　昔、これ集めて持ってくとさ、エリの母ちゃんがおやつにしてくれたんだ！」

「そうなんだ！　クッキーでもケーキでも合いそうだもんね！　うん、何か作れると思うよ」

「「わ～い！」」

天気は快晴、とはいかなかったけど、曇天《どんてん》の中でもオレたちのやる気は十分だ。ミカナンと呼ばれるこれは、美味しいけど剥《む》くのが面倒で実が小さく、庶民《しょみん》のおやつ向けらしい。今日は他に拾いに来ている人もいないようで、あっちもこっちも採り放題だ！

街の中にある林や川は、街で籠城《ろうじょう》戦になった時にある程度耐えられるように、少し手を入れられた天然の食料庫だ。ミカナン以外にも食べられるものがそこここにあるらしい。

せっせと拾う間にも、小さな木の実は上からぽろぽろと落ちてくる。いいなあこの木。将来お家を建てたりするなら、庭にはミカナンの木を植えて……。

「へへっ！　どうだよ！　薬草は採れねえけど、こっちは得意なんだぜ！」

「わっ……タクトすごいね！　もうそんなに集めたの⁉」

「どうやって拾ってるの～⁉」

楽しく未来予想図なんて描いていたら、タクトのカゴは既にいっぱいになりつつあった。

「すげーだろ！　あと2杯分は集めてやるぜっ！」

「集めたら、タクトも殻剥きするんだよ～？」

分かってる分かってる、なんて言い残して走り去っていくタクトを見送って、にわかに対抗心を燃やしたオレたちは、狩り尽くす勢いでミカナンを集め始めた。


「あー腰いてぇ」

「採りすぎたよね～」

「あはは、たくさん採れたね！」

足を投げ出して座る前には、ミカナンが小山のようになっている。これ、集めるのはともかく、確かに殻を剥くのが大変だ。

「うー、集めるのは楽しいんだけどなぁ。コレ全部剥くのかぁ。手が痛くなるぜ……」

「ある程度にしておいて、あとはユータの収納袋に入れておいてもらおうか〜」

『皆さんお困りですかっ！　そんなところへ！　俺様参上‼』

シャキーン！

何してるの……？　得意気にミカナンの山でポーズをとっているのは、もちろんチュー助だ。

「えっと、なあに？　チュー助も手伝ってくれるの？」

『助太刀致す！　主が、ちょっぴり俺様に魔力をくれたら――』

ね？　ね？　とチュー助は上目遣いでもじもじとオレを窺った。仕方ないなぁ……。

『来た来たー、みなぎるパワー！　はい、主、それ投げて！』

「え？　これ？」

ミカナンを投げろと言われ、言われるままにチュー助に投げ渡す。と、いつの間にやら自分を模した短剣を手に握り、シャッと一閃《いっせん》。

「お、チュー助すごいじゃん！　上手に切ってんな！」

『当然！　俺様はお前の師匠だぞ！』

ふんぞり返って得意満面のチュー助がどんどん投げろというので、ポイポイと投げるオレたち、そしてどんどん処理するチュー助。うん、これは便利かもしれない。

ほどなくしてチュー助がピタッと止まった。テテッと駆け寄ってきて、きゅっとオレの胸に貼りつく。

『主ぃ～魔力！　はい、補給～！』

えー燃費悪いな～これ、オレも疲れるんですけど!?　なんとなく嬉しそうなチュー助に、困ったやつだなぁと思いつつ、適宜《てきぎ》魔力を補給してあげた。

ポポイッポイポイッ、シャキシャキシャキーン！

チュー助の活躍で、なかなかのスピードでミカナンの皮剥きは進んでいる。それでも、この量だ……まだまだ小山の様相を示すミカナンを横目に、タクトが暴挙に出た。

「なああ、チュー助、どのぐらいいっぺんに投げてもいい？　このぐらい？」

『ちょ、タク……おまっ――!!』

数個ずつ投げるのがだんだんじれったくなってきたらしいタクトは、質問の形を取りつつ、がさっと掴んだミカナンをそのままチュー助に放り投げた。

シャシャシャシャシャキーーン!!

「「おおぉー！」」

『は……はあっはあっ……。こ、このくらい、わけねえさ……』

パチパチパチ！　拍手喝采《かっさい》を受け、チュー助はぜーはーしながら格好をつけた。

「すげーじゃん！　よーしじゃあどんどん行こうぜ！　早く食いてえし！」

がしっとカゴを掴んだタクトに、チュー助が丸い目を見開いて涙目になった。


「よっしゃーさすがチュー助！　師匠、漢《おとこ》だぜー！」

「師匠を敬う気持ちがカケラもないね～」

「えーと、チュー助大丈夫？　その、助かったけど」

テーブルの上で真っ白に果てているチュー助。いや、チュー助は頑張ってたけどさ、オレも結構疲れたんだけど！

「ま、まあひとまず早く済んでよかった～。せっかくだから、川の方へ行って休憩しようか～」

頑張ったチュー助のお口に、せめてとミカナンの実を入れてあげると、チュー助は脱力したまま、幸せそうにもぐもぐした。目を閉じたままもっと、と手を差し出すので大丈夫そうだ。

「ユータ、何手伝ったらいい～？」

「俺も手伝うぜー！」

林の側を流れる川に移動すると、さっそくキッチンスペースを確保した。２人とラピス部隊に手伝ってもらって、今日はたっぷりあるミカナンを使ったパウンドケーキにしようかな。手早くできるから、野外で作るのにも重宝してるんだ！　火加減担当のラピス部隊がいないと、安定して焼けないのがネックなんだけど、オーブンの魔道具ってないのかな？　王都とか行ったらありそうだけど……高いだろうなぁ。それを買うのを目標にお金を貯めようかな。

収納からバターや砂糖、卵に小麦粉を取り出して順に混ぜていく。この混ぜる作業だけはどうしてもオレじゃないとうまくできないみたい。傍らではラキが手慣れた様子で簡易かまどを作っている。最近こういったものを作るのはもっぱらラキの仕事だ。さすがに街の外では魔力温存のために食器ぐらいに留めるけど、日常的に使う魔法のおかげで、順調に魔力も増えてきているらしい。

タクトの方はあんまり手伝うことがないので、シロとチュー助の遊び相手だね。チュー助はまだ拗ね……へばっているからそっとしておこう。

「どぉぉすこーーいっ！」

『わ～タクト、力持ち～！　すごいねー！』

きゃっきゃ言いながら相撲《すもう》モドキ？　をしているらしい2人。間違えた、どうやらシロがタクトの遊び相手、かな。

ミカナンの実は、ザクザクと刻んで生地に混ぜ込んでいく。ふわっと漂う香りが幸せだ。

さやさやと流れる川の横で、ミカナンの爽やかな香りに包まれていると、なんだか体が軽くなるような気がした。

出来上がった生地を型へ流し込んだらかまどへ投入、あとはラピス部隊にお任せだ。

「ありがとう！　もうあとは焼けるの待つだけだよ！」

「よっしゃー！　川行こうぜ！」

「水浴びしよう～！」

ラキとタクトは何の躊躇いもなくぽぽいっと服を脱ぎ捨て、下着1枚で川に入っていった。

わ、ワイルドだな～よし、オレも……！

「あ、ユータは何か着ておいた方がいいよ～」

いざ、と服に手をかけたところで、ラキからストップがかかった。

「えっ？　どうして？」

「えーっと……そう、貴族様だしね～！」

「そうなの？」

オレのせいでカロルス様に迷惑はかけられない。渋々上着だけ脱いで川へ飛び込んだ！

「うわぁ～冷たい!!」

海とも湖とも違う、きりりと冷えた水の流れ。ごろごろした川底の石が、裸足《はだし》の足に痛い。

透き通った水の中で、足の間をすり抜け、小さな魚がたくさん泳いでいくのが見えた。冷たい水に両手を浸して、ぱしゃんと顔を洗うと、なんだかとてもスッキリする。

「食らえー！　スプラッシュソードぉ!!」

「うわーっ！　ちょっとタクト！　もうっ！」

いい気持ち、なんてのほほんとしていたら、ざばーっと冷たい水が降り注いで、滴《したた》る水滴にぷるぷると頭を振った。じゃばじゃばと走って離脱したタクトが大笑いしている。

「むっ……お返しー！　水鉄砲ー!!」

「あっお前！　魔法は反則！　反則!!」

「あははー！　待てー！」

ジャキーン！　と水鉄砲型に両手を構えると、ぬるつく苔《こけ》に足を取られつつ、ざぶざぶとタクトを追いかけた。

「背中がお留守だよ～っ」

「うひゃっ！　つ、つめたーっ!!」

緩やかなウォーターボールが背中に直撃して飛び上がった。ラキ～!!　水冷やしたな!?　そういうとこ器用なんだから！

３者入り乱れての白兵戦は、焼けたんですけど！　ケーキが焦げちゃうんですけど!!　と怒ったラピス部隊のゲリラ豪雨で終わりを告げた。

「あーうまぁ……」

「うん、美味しい〜」

ざっと服と体を乾かして、オレたちはミカナンのパウンドケーキに食らいついた。辺りには爽やかな柑橘系の香りと、バターの甘い香りが漂って、ふんわりと空気まで柔らかくなった気がした。焼きたてのパウンドケーキは思いのほか外側がサックリして、ミカナンの風味が心地よく鼻を抜け、大成功だ。すっかり冷えた体に熱々なケーキが嬉しい。たくさん焼いたから、残りはお土産《みやげ》にしよう。時間を置いてしっとりしたケーキも、とっても美味しいんだよ。

『上品な味ね！　いいわねコレ』

『美味しい！　これも美味しい！　いつも美味しい!!』

『シロは何食っても美味いもんな。いいか、この芳醇《ほうじゅん》な味わいが――』

お気に召したらしいみんなを眺め、ほんのり微笑んだ。お手伝いしてくれたラピス部隊とティアも、小さな器で満足そうに貪っている。焦げなくてよかった……。

さらに温かい紅茶を飲めば、冷えた体もすっかり温まり、3人でごろりと寝転がって空を見上げた。曇り空はいつの間にか青空に変わり、ゆったりと流れる白い雲は、お日様の光を反射して眩しく光っている。小さな両手を青空にかざすと、ふやけた指がしわくちゃになっていて、オレは誰にともなく微笑んだ。

「――楽しかったね」

「そうだな。なあ、ユータ、楽しかったろ？」

タクトは片肘をついて半身を起こすと、オレを覗き込んだ。

「……？　うん、すごく楽しかったよ？」

タクトの影がオレに落ちる。光の加減だろうか、どこか真剣味を帯びた瞳に戸惑った。

「だろ？　な、お前はまだ子どもなんだよ。なのにさー、色々考えすぎなんじゃねえ？」

とん、と額《ひたい》をつつかれてどきりとした。ずっとモヤモヤしていた心中を言い当てられたようで……。よっこいしょと起き上がったラキも、じっとオレを見つめた。見透かすような瞳に、オレは少し目を伏せる。

「あのね、ユータも僕たちも、まだこんなに子どもなんだよ～？　おばあちゃんがね、子どもはいっぱい失敗したらいいって言ってたよ～。１００回失敗したら、１００回叱ってあげる、って～！　それでね、ちゃんと――１００回許してあげるから、って。ユータの周りの人だって、きっとそうだよ～？」

「!!」

大きく目を見開くと、ぽん、と頭に手が置かれた。

「ユータが何考えてんのかは知らないけどさ、それでいいんじゃねえ？　足踏みするより、なんでもやっちゃえよ！　なんかちっちゃくなってるユータ、ぽんこつらしくないぜ！」

「まあユータはやることの規模が大きいからさ～、なんでもやっちゃえって言うと、ちょっと大変だけど～。でもさ、僕、ユータはそのへんの匙《さじ》加減《かげん》、分かってると思うよ～？　今回だって――色々、考えたんでしょ～？　ぽんこつなりに、ね？」

ぽんぽん、と肩を叩かれて、揺れる瞳から、ぽろりと涙が零れてしまった。怒られても、泣かなかったのに――頑張ったのに。

「……ぽ、ぽんこつ、じゃ、ないもん……」

せめてもの抵抗を口にして、オレは久々にわんわん泣いた。体と共に、温かく満たされた胸の内が、嬉しくて、こそばゆくて――なんだか少し悔しかった。

◆◇◆◇◆

「――カロルス様、朝ですよ～！」

シャッと勢いよくカーテンを開けると、いっぱいに朝の光を取り込んだ。まったく、カロルス様はオレより寝ぼすけだね！　部屋にはたっぷりと日の光が降り注いで、カロルス様の乱れた金髪がきらきらと輝いた。

「んん？　ユータ？」

うーっと唸りながら眩しげに片目を開けると、オレがいることに少し驚いた顔をした。寝起きのカロルス様、なんだか久し振りでにこにこしてしまう。用事があるわけじゃないけど、たまにはお家でゆっくりするのもいいよね。

「カロルス様、おはよう！　オレ、今日のお休みはここにいることにしたの」

「おう、おはよう。朝からいるのは珍しいな」

そう言いながら、大きな体はもそもそと布団をひっかぶろうとする。

「ちょっと！　カロルス様！　起きてってば！」

慌てて駆け寄ってぐいぐい布団を引っ張ってみたけれど、びくともしない。もう、せっかく起こしに来たのに。オレはどうしたものかと、腕組みして布団のかたまりを睨みつけた。

「えっ？　わっ⁉」

突如人食い植物のようにガバッと布団が開いたかと思ったら、鉄の腕がオレに巻きつき、あっという間に布団の中に引きずり込まれた。

「わははは！　さて、もうひと眠りするか。お前も寝ろ！」

ぬいぐるみよろしくぎゅうっと抱き込まれ、カロルス様の体温でぬくぬくのお布団に包まれた。しまった、罠《わな》にはまってしまった。こうなると、せっかくちゃんと起きたオレのまぶたも重くなってきて……。肌にかかる吐息がくすぐったいと思いつつ、うつらうつらと意識が途切れそうになってくる。

「イチャイチャしないでいただけますっ⁉」

ズバッ！ と一気に布団を引きはがしたのは、なぜかメラメラしているマリーさん。

「こんなっ、こんな羨ましいシチュエーション！ 例え神が許そうとも私が許しませんっ‼」

素早くカロルス様の腕からオレを奪い取ると、ぺいっとカロルス様を放り投げて風のように立ち去った。

「くっそー、ユータを取り込んだのが間違いだったか」

見事にくるっと体勢を整えて着地したカロルス様は、恨めしそうに畳《たた》まれていく布団を見つめてぶつぶつ言った。

「もうっ！ 美味しい朝ごはん作ったから、ちゃんと起きて！」

「お、お前の飯か！ 今日はなんだ？」

「今日はフレンチトーストのサンドウィッチだよ！」

顔を輝かせたカロルス様だけど、絶対それが何だか分かってないよね。ささっと金の髪を整えて、とりあえずガウンを羽織《はお》らせたところで、ひょいと抱え上げられた。

「お前がここにいるなら、昼もお前の飯が食えるのか？」

「そうだよ！　何がいいの？」

きゅっと首筋に抱きついたら、いつもより長い無精髭《ひげ》がザリザリした。

「昼は肉だな！　肉ならなんでもいい」

だろうね！　カロルス様から肉以外のリクエストって聞かない気がする。肉でさえあれば喜んでくれるけど、いささか作りがいがないよ。

お昼はどうしようかと悩みつつ、自分のサンドウィッチにかぶりついた。固いパンがフレンチトーストにすることでじゅわっと柔らかく、オレの小さな顎でも簡単に噛《か》み切れた。熱々のパンに挟まれたチーズがとろりとパンに馴染《なじ》んで、ミルクと卵の優しい甘みが際立っている。

「美味いな！　ただ、いくらでも食ってしまうけどな！」

「食べ過ぎだよ！　僕もっと味わって食べたいんだけど!?」

「あら、セデスちゃんはゆっくり食べればいいのよ？」

大きなサンドウィッチを３口ほどで食べてしまうカロルス様のせいで、食卓は朝から戦場になっていた。それを見越してジフと一緒にいっぱい作ってあるけど、十分とは言えなかったかもしれない。でも、あったらあっただけ食べてしまうんだから、与える側がセーブしなくてはいけないと思うんだ。

『ペットの肥満は飼い主の責任、みたいね……』

モモの呟きに思わず頷きかけて、慌てて首を振った。

さて、エネルギッシュな朝食を終えたら、執務をこなすカロルス様のお部屋でお手伝いだ。肩揉《も》みなんてもんじゃない、主に会計方面で計算機代わりとなって、割と活躍している。

「あーお前いい。ずっとここにいろ！」

「ユータ様がおられると本当に助かります。カロルス様もこうして机に向かいますし」

執事さんまでにこにこと褒めてくれるけど、ずっとここにいたら、そのうち代わりにその椅子に座って執務をこなす羽目《はめ》になりそうだ。

ある程度オレの出番を終えたら、ジフたちとお昼の相談をしなきゃ。朝からこってりだったからお昼は少し控えたいけれど、ここの人たちは朝昼晩全部高カロリーだからなぁ。リクエストも肉って言われちゃったし。カロルス様の肉欲求を納得させつつ、油分抑えめとなると――導き出された答えはローストビーフ丼！　見た目が肉々しい割に、赤身のお肉で多少はヘルシーだろう。醤油ベースのたれでさっぱりと、上には温玉を載せて。しっかり目に粗挽き胡椒《こしょう》を振りかければ、ガツンと感も増すだろう。

「おお、いいな、こういうのが肉っつう感じだな。もっと分厚い方がいいけどよ！」

カロルス様は見た目8割で料理を判断しているので、カツなんかよりもドーンと肉そのものが正面に出ている方がウケがいい。これでもかとローストビーフを盛ったにもかかわらず、結局何杯もお代わりをされてしまった。もちろん、エリーシャ様たちも。オレ、どんぶりってお代わりするものじゃないと思うんだよね。ヘルシーとは……。

「プリメラ、暑いぞ。外で遊んでこい」

うんざりとした顔で机に向かっていたカロルス様は、肩に頭を載せていたプリメラを押しやった。プリメラの体温は低いけど、さすがに巻きつかれていると暑いらしい。

午後からも素直に執務をこなすカロルス様に、オレのおかげだと執事さんがにこにこしていた。ただ、朝は涼しかったのに、日が昇るにつれジリジリと気温が上がり、室内は汗の浮かぶ温度だ。カロルス様は伸びた髪を無造作にまとめ、衣服をだらしなく着崩している。ぎしっと椅子の背もたれにのけ反って仰ぐと、はだけた胸元がどうにもセクシーで腹だたしい。

「プリメラ、せっかく執務をこなす気になっているのですから、そっとしておきましょう」

頼みますよとオレに言い置いて、執事さんは不満そうなプリメラを抱えて部屋を出ていった。

『主ぃ、俺様、冷たいものを所望する』

チュー助はへぇへぇと荒い息を吐いて、冷たい机に腹ばいになっていた。軟弱精霊は寒いのも暑いのも苦手らしい。短剣に戻ったらマシになるんじゃない？　と思うのだけど。

「お、ありがとうな」

チュー助のついでに、と差し出したのは、氷を浮かべたミントティー。カロルス様は汗を拭って受け取ると、冷えたコップににんまりと笑った。

「お前がいるといいな！　グレイはなかなかサービスしてくれねえからな」

「ちゃんと執務をこなしてたら、きっとサービスしてくれるよ！」

オレも暑いけど、ロクサレンは蒸し暑くないので、日本の高温多湿に慣れていれば、どうってことはない。魔法を使えば涼しいかもしれないけど、この程度ならむしろ暑さを楽しみたいとも思う。元々山暮らしだもの、こういう気温の変化を感じるのも好きだ。草木がよく香って、川の水が心地よい気温。ヤブ蚊だけは辟易《へきえき》したから、この辺りにいないのが嬉しい。

コップを額に当てて、あー、なんて言ってるカロルス様にくすりと笑って、オレもほてった頬にコップを当てた。頬を寄せたコップの中で、たっぷり入れた氷がカラリと音を立てた。

「あら、ユータちゃん。セデスが探してたわよ」

カロルス様とミントティーで涼んでいたら、エリーシャ様が入ってきた。

「わあ、エリーシャ様、お姫様みたい！」

「えっ？　そ、そう!?　まあまあまあ～！」

ほっぺに手を当てたエリーシャ様が、瞳を輝かせて頬を赤らめた。普段は下ろすか束ねるかしている髪が、今日は編み上げられてスッキリとうなじが見えている。上気した頬も相まって、清楚《せいそ》ながらとても艶めいて見えた。イブニングドレスなんて着たら、さぞ美しいだろうな。

「あなたも、褒めていいのよ？」

「あ？　あぁ……えー、まあ、細く見えるんじゃねえ？」

「な・ん・で・すっ・て？」

ワンモアプリーズ？　怒りマークを浮かべた笑顔でつかつかっと歩み寄ると、繊細な白魚のような指が、わしっ！　とカロルス様の額を掴んだ。

「いでででｌｌ　んだよ！　褒めただろ！」

カロルス様はデリカシーないからなぁ。でも、オレは知っている。エリーシャ様が入ってきた時、ちょっぴり照れくさそうに目を逸らしたのを。素直にきれいだとか美しいって言えばいいものを……。

「セデス兄さんが呼んでたの？　行ってくるね！」

くすくす笑ったオレは、救いを求めるカロルス様の目を見なかったことにして、さっさと執務室を出た。

もう少し、もう少し……気配を殺して息を潜め、オレはラピスの「気付かれにくくする魔法」

全開で忍び寄る。階段の上から階下を眺めて、気分は樹上のジャガー、かな？

よし、今だっ！　オレは何も知らずに通り過ぎようとしたセデス兄さんに飛びかかった！

「⁉　っとぉ！」

もうちょっとで目標に到達！　というところで、腰を落として素早く振り返ったセデス兄さんにキャッチされてしまった。

「もう！　ユータ、危ないでしょ？　お外で僕が剣持ってる時にやっちゃダメだよ？」

「うん！　セデス兄さん、オレにご用事？」

不意打ちならず。オレはにこにこしてセデス兄さんを見上げた。大丈夫！　セデス兄さんが剣を持ってる時は、オレもシールド張ってやるから！

「用事でもないんだけど、村の方に出かけるから、一緒に行くかなと思って。砂浜なら水遊びしていてもいいよ」

「行くー‼」

わあーい！　暑い時の水遊びほど楽しいことはないよね‼　小躍りして喜ぶオレに、セデス兄さんもふわっと笑った。

「まあユータなら魔物が来ても大丈夫だと思うけど、他の人がビックリするからね？　沖の方に行っちゃダメだよ？　じゃあ、僕は用事を済ませてくるからね」

「はーい！」

海岸まで来ると、セデス兄さんは、気を付けるんだよ？　と頭を撫でてから立ち去った。

「海ー!!」

ざぶざぶざぶ!!

きゃーっと波打ち際に突進すると、膝まで水が来たところでぼてっとつんのめった。

「しょっぱ!!　あはは！」

頭から海に突っ込んで大笑いだ。鼻が痛い！　塩辛い～！

『あなた……普通、砂浜で水遊びっていうのは足をつけるくらいのことを指すのよ？』

いきなりずぶ濡れになったオレに、モモが呆れた顔をする。その水面にぷかぷか浮いて漂うスライムは、ピンクのクラゲにしか見えない。言ったら怒りそうだと、オレはそっと口をつぐんだ。

『楽しいー！　ユータ、楽しいね!!　海、楽しいねー!!』

シロは沖に行っても魔物の方が逃げるだけなので、爆速犬掻きで辺りを泳ぎ回っていた。

『おうっ！　シロ行けー！　突き進めー！　海は俺様のものだー！』

チュー助は水に入りたくないのか、もっぱらシロを船代わりに遊んでいるようだ。

「ピピッ！」

ティアは、海よりも砂浜がお好きな様子だ。はしゃぐみんなを横目に、あったかい砂でばふばふっと砂浴びして満足そうな顔をしている。なんだか子どもを遊ばせて、温泉で寛ぐおじさんみたいだよ……。でもひとまずみんな楽しそうだとにっこり笑った。

——水上での展開っ！　そうなの！　水しぶきを味方につけるの！

「「「「きゅうっ！」」」」

——次は水中での戦法っ！　かこくな環境でこそ、せいえいが活きるのっ!!

「「「「きゅーーっ!!」」」」

……うん、みんな楽しそうでよかった。

『ユータ！　ユータも乗ってー！』

「えっ？　乗っても大丈夫なの？」

『俺様が船長だ！　キャプテ〜ン忠助!!　乗船を許可する！』

チュー助がシャキーンのポーズでシロの頭に乗っている。……チュー助、錆《さ》びないよね？

「わ〜！　シロすごーい！」

『ぼくすごい!?　海、しょっぱいけど気持ちいいねー！　すごく楽しいー！』

シロに跨《またが》って海を突き進むと、浸った足がシャババババ！　と海を泡立てて白い道を作っていく。塩辛い水しぶきがザブザブかかるのも忘れて、きゃあきゃあと笑った。

——あっ……ユータ、こっち来ちゃダメなの！

「えっ？」

どぱーーーん!!

「わーーっ!?」

『わあーい!!』

『ぎゃーー！　死ぬぅー』

『ちょっと！　水しぶきがかかるじゃない！』

「ピピッ!?　ピピィッ！」

突如ラピス部隊の演習に巻き込まれ、オレたちは見事に砂浜へ吹っ飛ばされた。砂浜で寛いでいたティアが泡を食って退避している。

『あー楽しかったねぇ！　わ、しょっぱーい』

くるっ、スタッ！　と何事もなく着地したシロが、吹っ飛んでいくチュー助をぱくっと難なくキャッチした。ただ、海水をたっぷり含んだチュー助は塩辛かったらしい。ぺっ！　されたチュー助が砂まみれで横たわった。無言でしくしくする姿が哀れだ。

「ねえ……何がどうなったら海から吹っ飛んでくるわけ？」

セデス兄さん、ナイスキャッチ！　オレはガッチリと支える腕にきゃっきゃと笑った。

「もう～びしょびしょじゃないか。ほら、そっちで着替えよう。楽しかったかい？」

「うん！　とっても!!　ねえ、セデス兄さんも一緒に遊ぼう？」

きらきらと水滴を纏って、オレは弾けんばかりの笑顔を浮かべた。

「それはとっても魅力的だけどねえ。さすがに僕がここでやっちゃいけないかな」

苦笑した顔は、大人みたいだ。じわじわと色の変わっていくセデス兄さんの服を眺めて、もういいんじゃない、とぎゅうっと腕を回してしがみついた。

「わ、冷たいよ！　僕までびしょびしょになるよ！」

「お家に帰るからもういいの！　楽しかったからね、分けてあげる！」

セデス兄さん、あったかい。ぐりぐりと顔を擦りつけて見上げると、ふんわり支えていた腕が、ぐっと締まった。めり込みそうなオレに顔を寄せて、セデス兄さんも相好《そうごう》を崩した。

「じゃあ、もっとたくさん分けてもらおうかな！」

「そんなに絞ったら、オレの分がなくなっちゃう！」

セデス兄さんのあったかなほっぺを感じながら、足をばたばたさせた。きゃっきゃと笑う声は、ちゃんと2人分波間に響いていた。ねえ、子どもっていいでしょ！　オレはまだ子どもなんだって。だったら、きっとセデス兄さんだって子どもだよ。

揃ってビタビタになったオレたちは、帰宅してきっちりマリーさんに叱られたのだった。

「――で、今日はどうした？　用もないのにこっちで1日過ごすなんて、珍しいじゃねえか」

「なんでもないよ」

もうもうと湯気の立つ風呂場で、オレは桶《おけ》に乗ってカロルス様の金の髪を洗っている。全身海水漬けだったので、帰宅して早々にお風呂へ追い立てられてしまった。セデス兄さんは服を着替えただけで済ませてしまったので、カロルス様を引っ張り込んだ次第だ。髪って人に洗ってもらうと、とっても気持ちいいよね！　されるがままに、目を閉じてリラックスしている大きな背中は、気を許した獣のようで愛おしい。

「ほら、交代だ。ちったあ大きくなったか？」

くるりと振り返ったカロルス様が、今度はオレを洗ってくれた。随分と加減しているらしいたどたどしい手つきは、それでも子どもの柔肌には荒っぽくて痛い。

「小せえなあ！　潰れちまいそうだ。お前、もっと飯を食えよ」

割と本気の心配をされて、ちょっとむくれる。結構大きくなったよ！　カロルス様と比べるから小さいんだよ。そう、比べるからこんな、こんなぬいぐるみみたいなサイズ感に――。湯船に向かう体の、冗談のような体格差に、オレはちょっぴり遠い目をした。

「あーいいな。今日はいい日だ」

オレの気も知らず、大きな体が悠々《ゆうゆう》と湯船に伸ばされた。濡れた金髪を後ろへ掻き上げ、仰のいた顔は上機嫌に口角を上げている。まあ、カロルス様がいい日なら、それでいいか。オレもきゅっと口角を上げて、とぷんと浸かった。

お風呂上がりも抜かりはない。ドライヤー魔法できちんと根元まで金髪を乾かすと、丁寧にブラッシングした。きれいにくしけずった髪は、シロの毛並みのようにツヤツヤだ。

「――ホントにどうしたんだ？　俺はなんで甘やかされてるんだ？」

多少の自覚はあったんだ。オレはベッドに寝かせたカロルス様をぽんぽんしながら笑った。ちゃんと、寝かしつけまでして、1日の完了だよね。だけど、完遂は難しいかも知れない。ぽんぽんしながらオレの方がうつらうつらしそうになっている。

「ほら、お前も来い」

促されるままにお布団に潜り込むと、目を閉じて固い腕を抱え込んだ。

「今日はありがとな、おかげさまでいい日だったぞ」

わしわしと頭を撫でられ、オレの胸は温かいものでいっぱいになった。

おやすみ――ちょっとは、お礼になっただろうか……オレの方が、幸せだった気もするけれど。するすると夢の世界に引っ張られながら、大きな手を感じて口元を綻ばせた。

6章　進級

「「「かんぱーい！」」」

ゴッゴッゴ……ぷはーっ!!

オレたちは真昼の喫茶店でジョッキを飲み干すと、重たいそれをゴトン！　と置いた。

「なんかさ、こういうのっていいよな！　冒険者って感じする！」

「そうだね～！　大人っぽいよね～！　僕たち、２年生になったんだね～」

「お酒が飲めるようになるまで、ちょっと遠いけどねー」

もちろん飲んでいるのはノンアルコール……ジュース。それでも。そう、それでも！　こんな風に乾杯して、こんな風に飲む！　それが大事なんだ!!　例え大人椅子に座った足が、随分と床から遠くたって!!

今日２年生になったばかりのオレたちは、ちょっと大人になったつもりで、えへへ、と締まりなく笑い合った。

「僕ちょっと厳しくて～、これからは本格的に冒険者として動きたいんだけど、２人はどう～？」

「ウチも厳しいぜ！　オレの稼ぎで学校の分と、父ちゃんのつまみ代ぐらい渡せたらいいんだけどなー！　俺は元々冒険者になるつもりだから、いつでも本格的に動くぜ！」

「オレも！　あのね、オレ、あんまりこの国のこと知らないし、ほとんどロクサレン地方のことしか知らないから、お休みが取れるならあちこち行ってみたい！」

「いいね！　あちこち渡り歩くなんて歴戦の冒険者っぽい！　修行の旅だな！」

「見聞を広げるってやつだね。特にユータにはいいと思うよ～！　それにユータ、勉強もできるじゃない～？　試験さえ通れば授業は免除されるよ～？　ユータはそれでかなり自由に動けるんじゃない～？」

それはいいことを聞いた！　さすがに小学生の試験くらいなら大丈夫。こっちの世界のことは知らないけど、それでも教科書さえ読めばそう苦労することはない。

「な、じゃあ俺たちもそろそろ野営の準備とかしとかねえ？　それでさ、近場で練習しようぜ！」

「わあ～やろうやろう！　薬草の依頼でもいいよ、お外でお泊まりしよう!!」

「そうだね～絶対に今後必要になってくるもんね～！　パーティ資金もだいぶ貯まったし、こないだ言ってたパーティ用の買い物しに行こうか～！」

「「賛成!!」」

善は急げと、オレたちはさっそく街へ繰り出した。

「道具って何がいるかな～？」

「お鍋とかボウルとか？　そうそう、おたまもいるよね！　耐熱のお皿も欲しいな」

「それは冒険の道具じゃねえよ！　ほら、アレ欲しい！　多機能テントだってよ！　カッコよくねえ⁉」

ひとまず冒険者御用達《ごようたし》の大きな道具屋に来たものの、どれも欲しくて目移りしちゃう。

お鍋や器《うつわ》類は土魔法で作れるけど、道具としてあった方がなんだかさまになるし、カッコイイ気がする！　自分たち専用のコップとかお皿なんて素敵だ。カトラリー類やキッチンツールも絶対欲しい！　オレが作ると不格好だし、ラキが作ると凝り出すから時間がかかるんだよ。

「おや？　黒い髪の子ども……？」

忙しそうにしていた恰幅《かっぷく》のいい商人さんが、ふとオレに目を留めた。なんだろう、と首を傾げると、重そうなお腹を揺らしてこちらへやってくる。

「ユータ、知り合い～？」

「ううん、知らないと思うけど……こんにちは？」

「はいはい、こんにちは。きちんと挨拶できるいい子だね。ちょっと尋ねたいんだが……君はマウロを知っているかな？」

「マウロ……？　知りません」

「そうか……いや、ありがとう。もしやと思ったんだけどね。黒髪の男の子に借りがあるって言ってたもんだから。商人たるもの、貸し借りはキチンと精算せねばね」

人差し指と親指で輪っかを作って、商人さんはパチンとウインクしてみせた。さすが大きなお店の商人さんは違う。どこか粋《いき》でカッコイイ気がする。

――ユータ、あの人じゃないの？　馬車に乗ってて、1人で逃げた人。

ちょっと目を輝かせていると、ラピスから言われて思い出した。ルビーさんがウミワジに襲われていた時、確か馬車に乗ってた商人さんがいた。そういえば、ハイカリクの大店《おおだな》の主人に何か渡してくれって言われたんだっけ？　収納をごそごそしたら、やっぱりあった！

「あの、マウロって、これくれた人？」

「うん？　おお！　やっぱりそうだったか。黒髪の子なんて初めて見たから、そうじゃないかと思ったんだよ。だ。君だろう？　不肖の弟子に活を入れてくれたみたいで、私も感謝していたんだ。ほら、これを見せれば、私の店での買い物は値札より安くしてあげよう」

オレ、活を入れた覚えなんてないけど……。商人さん、もといここのオーナーさん？　は、オレに割引券らしい木札を渡してくれた。

「えっと……オレ、何もしてないけどもらっちゃっていいの？」

バカっ、もらっとけ！　なんて後ろから小突くタクトと争いながら聞いてみた。

「もちろんだとも。君たちもこれから冒険者になるんだろう？　気に入ったものがあれば、宣伝してくれるとなおいいよ！」

ほっほっほ、と笑う商人さん。さすが大店のご主人！　太っ腹だ。

「ユータ、やったね～!!　買い物済ませる前でよかった～！」

「ラッキー!!　これで色々買えるな！」

2人はほくほく顔だ。ちょっと気が引けるけど、多少の割引をするぐらい、あの主人には痛くもかゆくもないのだろう。その代わり、ちゃんとここで買ったって宣伝するからね！


「まずはデカイものからいっとくか？　あとで金が足りなくなっても困るしな！」

「ってことはテントだね～？」

「テント！　さっきタクトが見てたやつ、あれがいいな、多機能テント！」

「カッコイイよな!?　補助シールドシステムとかさ、小型魔物迎撃システムもあるんだぜ！」

「2人とも～？　値段も見てね～？」

テントを選ぶのってわくわくするよね！　この中で夜を明かすって考えたら、楽しみで仕方ない。雨だって降るもの、防水機能はいるよね！　快適に眠れるように底部分は分厚いのがいいな！　迎撃システムは――見た目がカッコイイからいるよね!!

「僕思ったんだけど～ねえユータ、冒険に行ってこれを設置するって想像してみて～？　はい、もうすぐ夜なので、野宿することにしました～！　まずは～？」

「えっ？　うん、じゃあまずは……」

テントを張るなら平らなところじゃないとね。虫が上がってきにくいように、少し高さを上げて平らな地面を作るかな。それでテントを張るでしょ？　あとは雨が降ったら困るから屋根を作って、魔物が来たら危ないから周りを囲んで――。

「やっぱり～」

「……それ、テントいるか？」

ため息を吐いたラキとタクトにハッとした。気付けば想像の中で、森を彷徨《さまよ》っていた時のような簡易ホームを作っていた。簡易ホームの中にテント、確かにいらない……。

「で、でも！　テント欲しいよ！　テントの中にお布団敷いて、ランプをつけてさ、みんなでお話ししようよ！　おやつを摘まみながら夜更《よふ》かしするの！」

「いやいや、テントに入るのは交代制だぞ？　見張りがいるだろ？　あと、テントに入ったらすぐ寝ろ！」

「どこの冒険者が布団持って歩くの～」

ええー理想の冒険生活が……。オレはしょんぼりと項垂《うなだ》れた。

『ユータ、ぼくが見張りしてあげるよ？　だから、みんなテントでお話しして大丈夫！』

「し、シロ～！」

どこまでも優しいシロに、ぎゅっと抱きついてさらさらの毛並みに顔を埋めた。

「あーそうだな、ユータは召喚士だもんな。シロたちが交代で見張りしてくれたらすげー助かるけど……」

「きゅ！」

――ラピスたちもいるの！　警備と巡回は任せるの！

そうかラピス部隊！　それは助かる！　ただ、起きたら焦土《しょうど》になってなければいいけど……。

『お、俺様だって！　主、俺様も見張りできる！　安心して任されよ！』

小さな胸を張ったチュー助に、図らずも３人揃って首を振った。

「「「あー、それは遠慮しようかな」」」

『どうしてぇー!?』

わぁん！　とチュー助がシロに縋った。ご、ごめんって……でも、さすがに、ねえ？

『チュー助は、ぼくといっしょに見張りしよう！　ね？』

『う、うん……。シロぉ……お前はいいヤツだ～！』

チュー助はべろりん！　と足から頭の先までまとめて涙を拭われていた。

「で、とりあえず他人の目に触れる時に使うこともあるから、テントひとつは必要だとして～、安いのでいいね～？」

「「はーい……」」

多機能テント、格好よかったけどなぁ……。

安くてそこそこ広さのあるテントに目星をつけて、あとはキッチンツールなんかを物色。コップやお皿は、長期使用できるよう、今度ラキがきちんと作っておくらしい。ちなみにオレは次々選ばれる品物の計算係をしている。

広いフロアをうろうろしながら歩いていると、たくさん瓶が並ぶエリアに来た。なんだろう？薬局みたいな雰囲気で――あ、もしかして回復薬系かな？

「今まで大した怪我もなく来たけど、お薬系統もいるよね～。高いから悩むけど～」

「回復薬はオレが作れるよ？　でも魔力回復薬はまだ作れないなぁ」

「魔力回復薬は材料もこの辺りで採れないし、授業で習うのもまだ先じゃない～？　その辺りと、解毒薬とか買っておく～？　依頼に合わせてその都度の方がいいかな～？」

「でもいきなり毒持ちに襲われることだってあるだろ？　ユータの収納袋に入れられるなら、買っといてもいいんじゃねえ？」

「ねえ、お薬オレが持ってちゃ意味なくない？　オレがいたら解毒はできるよ？　道具も１人が全部持ってると、もし何かでばらばらに分かれちゃったりしたら……」

「それもそうだな！　各自の収納袋があればなぁ。せめて大きめのカバンでも買うか！」

結局テントと道具類、かばんとお薬をいくつか買ったら、パーティ資金は結構寂しいものになってしまった。いっぱい貯まったと思ったけど、冒険者には必要なものも多いし、もう少し実入りのいい依頼も受けないと厳しくなりそうだ。

「あー、買い物って金がかかるな……」

「そうだね～当たり前だけど、そうだよね～……」

「また頑張って貯めようね！」

資金は乏しくなっちゃったけど、その分買い込んだ品物を見るとわくわくしてくる。ちなみにソロで動いた分は各自の収入なので、白犬の配達屋さん、ことオレは、結構余裕がある。

「ちょ、ユータ！　今出すなよ！　せめて街の外だって！」

「ユータ、お店でも開く気～？　どうして全部出そうとするの～！」

店を出るなり、買ったものを取り出そうとして怒られた。でも……だって、真新しいテントにピカピカの道具だよ!?

「じゃあ今から行こうよ！　お外！」

「今からはなぁ。また次行った時にしようぜ」

「じゃあ今度、お休みの時にお外で野宿してみる～？　一応授業で習ったし、街のすぐ近くで野宿して、ちょっとずつ距離延ばしてみようか～？」

「「賛成ー！」」

「それと、依頼も積極的に受けていかないとね～！　次の目標は収納袋かな～」

「お、いいね！　やっぱ収納袋がないと、冒険者やってられないよな！」

なんてタクトは息巻くものの、街を拠点に活動している限り、そう必須なものでもない。ただ遠征する冒険者さんや、ダンジョンに行く時なんかは収納袋が必須だとか。いいお店なら、大きな獲物が丸ごと入る収納袋もあるんだって！　オレの収納だとどのくらい入るんだろう。いっぱいになったことはないし、ひとまずベッドやタンスがまとめて入ることは確かだ。

「あと、そろそろ外での活動も広げていこうか～！　薬草はもう十分集められるし、小さな獲物も大丈夫だから～」

「お？　お？　やっと討伐か？」

「そうだね～、でもぼくたちのランクでできる討伐なんて知れてるよ？　討伐練習なら、ソロの活動も考えていくといいかも～」

オレたちのランクでできる討伐なんて、討伐という名目でも害獣もしくは害虫駆除ぐらいだ。

確かに、いきなり自分たちだけで討伐を受けるより、他のパーティに混じって経験を積ませてもらうのがいいと思う。思うけど……。

「でもさ、こんな小さい子ども、連れていってくれるパーティあるかなぁ」

「普通はないよね～。ギルドでフリー枠に登録しておくしかないけど、きっと僕たちがあてがわれたパーティには嫌な顔されるし、怒られることもあると思う～」

「見た目で判断する奴らには、実力を示してやればいいんだよ！」

見た目で判断って、オレたち本当に子どもだもん……そりゃあ見た目で判断されるだろう。

「でも、ちゃんと冒険者をやりたいなら、それも必要かもしれないね」

「そうだね～ギルドもその辺り分かってるはずだから、組むと危ないパーティには入れられないと思うし～」

なるほど。フリー枠登録は、ソロで動きたい人がランクと職業で登録して、人員の欲しいパーティが選択するシステムだ。年齢や性別は不明で誰があてがわれるか分からないし、基本的に拒否できない。でも、ギルド側もトラブルを避けるために相性は考えてくれるから、ひどい目に遭うことはないいんじゃないかな？　ランクだって一番低いんだから、子どもが来る可能性が大いにあることも承知のはずだ。

「他のパーティとか、なんか不安だね」

「そうだな！　お前が他のパーティと組むのは、俺もすげー不安だよ！」

「本当に～。ユータ、大丈夫？　ギルドの人も分かってくれてるとは思うけど～……」

どうしてオレばっかり心配されるのかな!?　みんなだって不安なのは一緒でしょう！　なんだかオレばっかり心配されて、ちょっと頬を膨らませた。


「お、薬草採り！　今日も薬草の依頼を受けるのか？」

「おー今日は野宿の練習するんだ！　ついでに薬草も採ってきてやるよ！」

ギルドで声をかけられて、タクトは少し得意げに返した。最初は『薬草採りのパーティ』だなんて嫌がってたんだけど、二つ名が付くのはいいことだって受付のお姉さんに褒められて、最近はすっかりその気になっている。ただ、タクトは薬草を見つけるの下手だけどね……。

毎回かなりの量をきちっと納めていることで、オレたちは薬草採りの名人パーティとして知られるようになった。ギルドや薬師の人たちに重宝され、顔を覚えてもらえたことは大きい。薬草依頼ばかりを受けて、かつ求められる以上の結果を出すこと。それは無茶しがちな子どものパーティにおいて、異彩を放っていたらしい。オレたちは幼いなりに堅実なパーティだと一目置かれるようになっていた。これはひとえにラキの方針のおかげだね。

「やっぱりこの時間だとまともな依頼はないね～これから討伐も含めて依頼を受けるなら、どんなものがあるか早起きして見に来ないといけないね～」

「早起きは辛いなぁ。――そうだ、その日は夜寝なかったらいいんじゃない？　そしたら早起きじゃなくて夜更かしになるんじゃない!?」

「「そっちの方が辛いわ!!」」

グッドアイディアとばかりに膝を打って提案すると、２人から冷たい視線を浴びた。

『私とティアで起こしてあげるから、ちゃんと起きるのよ？』

『ぼくも、早起きより夜更かしの方がいいなぁ。あとでユータの中でゆっくり眠れるし』

頼もしいティア&モモ目覚ましがいるから、ひとまず起きることはできるかな。シロも結構寝ぼすけだもんね～オレが起きた時に寝てることが多いもん。


「それでさ、ユータは普通の回復魔法、使えそうなのか？」

「うーん、試してみるけど、呪文は覚えられないかも」

「それぐらい覚えようよ～」

ギルドでざっと張り出された依頼に目を通したら、いつもの薬草採りだ。他愛のないことを話しながら、オレはウキウキしている。なんせ、今日は初めての野宿！　テントの日!!

「でも、呪文がなくても回復できるし、呪文を唱えてたら気が散るよ」

「せっかく本買ったのに勿体ないよ～」

オレは貯まったお金を、主に本と料理関連に使っている。回復魔法の本もちゃんと買ったものの、やっぱり呪文は面倒だ。それっぽい雰囲気を醸《かも》し出せたらそれでいいんだ。特殊な回復方法だってバレないようにするのが目的だもの。

「回復魔法って、初歩の方のはあんまり効果ないんだね」

「魔法って、初歩のものはどれもそうじゃない～？」

確かに。効果が薄いといえども、日常の怪我を治せるのはかなりのメリットだもんね。マリーさんみたいに、子どものちょっとした怪我が治せたら、すごく重宝されるだろう。

「タクト、どっかに怪我してない？」

「なんだよ、そんないつも怪我してるみたいに。……今はたまたまだからな！」

生傷《なまきず》の絶えないタクトは、いい練習台だ。藪《やぶ》に突っ込んだ時に引っ掛けたらしく、微かに血の滲む腕を突き出してきた。本の通りにそっと手をかざし、適当な百人一首をぼそぼそ呟きながら回復してみせた。

「お、あったけぇ」

初歩の回復を真似してみたら、発動が随分早い。魔力量を調整して絞ると、発動が早くなるんだ！　そうか、初歩からこうやって練習していくことで、発動が早くなって大きな怪我も素早く治せるようになるのか。これは数をこなして頑張るしかないね。

「さあ、そろそろ薬草も集まったし、テントを準備しよっか～？」

「「おー!!」」

初めてのお泊まり！　実は目の前に街の門が見えていたり、門番さんに微笑ましそうに観賞されていたりするけど！　いいの！　大事なのはお外のテントでお泊まりすることだから!!

今日は天気もよさそうだし、門にこれだけ近い場所なら魔物に襲われることもないだろう。

だから、こっそり地面を平らにならすだけにしておこう。

「よっしゃー！　できたー！」

「完成ー！」

「僕たちだけで、できたね～！」

満面の笑みでハイタッチすると、２人の手が随分高いところにあって、少し驚いた。

「でも、結構時間かかったし、これも練習だね～！」

「土魔法の方が早いもんね」

「それ言うなよ……なんか悲しくなるじゃん」

草原の中で誇らしげに佇《たたず》む小さなテントは、お店に華々しく飾られていた多機能テントよりも立派に思えた。

『わあい！　テントだ！　テントだ！』

『ダメよ、あなたが入ったら壊れるわ！』

シロはぐるぐるとテントの周囲を駆け回っては、入り口に頭を突っ込んでいる。そっと入るくらいなら大丈夫だと思うけど……シロにとったらちょうど犬小屋サイズだね。チュー助はテントの中を走り回っているし、ラピスはテントの外側を滑り台にして遊んでいた。はしゃぐみんなに、楽しそうだとくすっと微笑んだ。

「――一番はしゃいでるのはお前だ！」

「ユータ、ちょっと落ち着こう～？」

生ぬるい視線が突き刺さって、オレはぴたりと寝袋ローリングを止めた。

「――ほら、新しいものって、使う前に試してみないとね！」

「どんな事態になっても、寝袋に入って暴れ回る必要はないと思うぜ」

「寝袋って丈夫なんだね～。そこまで動けるんだ～」

顔だけ出してすっぽりと寝袋に入り込んでいたオレは、２人の視線からそっと目を逸らした。

みんなでテントを堪能《たんのう》している間に、気付けば周囲は既に薄暗くなり始めていた。お泊まりだからと余裕を持っていたはずなのに、楽しい時間はあっという間だ。

「ちょっとごはん遅くなっちゃったから、ちゃちゃっと作っちゃうね」

「テキパキしてんなぁ、こういう時は」

「さっきの跳ね回ってた芋虫《いもむし》と、同一人物とは思えないね～」

2人の呟きは聞こえなかったことにして、オレは手早く夕食を用意した。新しい道具が嬉しくて、お料理もはかどるね！　やっぱり、お金を貯めていつかオーブンも買おう！

ごく簡単にスープとお肉、パンで夕食を済ませると、片付けが終わった頃にはすっかり暗くなっていた。

「ユータ、目立つから灯り消そう～」

「うん、でも全部消したら真っ暗だよ？」

「火だけつけとくから大丈夫だ」

周囲に漂わせていた光球を消すと、オレたちはたき火を囲んで座った。ピキ、パチッと木の爆《は》ぜる音が心地いい。夜になって少し冷えた外気に、たき火の熱がちょうどよかった。

「ユータ、燃えちゃうよ～」

ゆらめくオレンジの炎が鮮やかで、燃えていく木が赤々と輝くのが美しくて、ついつい近づきすぎる体を引き戻された。炎の熱に煽《あお》られて、顔だけが熱々になっている。

「きれいだね」

「そうだな、なんかこうやって見る火は落ち着くよな」

タクトも目を細めてたき火を見つめた。闇夜の中、炎に照らされる横顔は、どこか大人びて見えた。

「街からそんなに離れてないのに、全然雰囲気が違うね～」

瞳に炎を映したラキが、しみじみと呟く。本当に、目と鼻の先に街があるっていうのに、その光は申し訳程度しか届かない。周囲は木のジワジワと燃える音が聞こえるほどに静かだ。

「夜のお外、オレ、結構好きかも」

「そうだね～もっと怖いものだと思っていたけど～」

「もっと街から離れたら怖いだろうけどな」

「贅沢な護衛も付いてるもんね～」

2人がちらりとオレの方を見た。オレが遠慮なくもたれかかっているのは、極上ソファーならぬ極上毛並みのフェンリルだ。目を閉じてリラックスするシロは、耳と鼻だけでしっかりと警戒しているようだ。ピンと立てた耳が、時折ぴこぴこと何かに反応している。さらさらとした毛並みに指を滑らせながら、こてんと頭をもたせかけると、視界は一転して、めまいがするほど深い夜空が広がった。

「うわぁ……すごいね」

落っこちそうな気がして、思わずシロにぎゅっと掴まった。星の海ってこんな感じなんだなぁ。山の夜空もきれいだったけど、これには及ばない。

「うん、きれいだね〜」

「夜に外に出て、こんなのんびりできるなんてな。ちょっと恥ずかしかったけど、街の近くで野宿するのもいいかもしれないなー」

衣擦《きぬず》れの音さえ邪魔な気がして、オレたちはしばし無言で夜に浸った。

「――つい夜更かししちゃいそうだね〜。でもこれは訓練でもあるんだから、ちゃんと交代で休まなきゃ〜」

穏やかな沈黙の中、ついにラキが切り出して、心地よい夜の時間が終わる。

「そうだね、こんな風にのんびりできるのは今だけだもんね、ちゃんと訓練しなきゃ」

「シロたちがいたら、どこでものんびりできるかもしれないけどな！」

夜に自分たちで見張りができるか、その訓練も兼ねて安全な場所で野宿しているんだから、みんなで夜更かししてちゃダメだよね。残念な気持ちを隠さず、オレたちはゆっくりと腰を上げた。

「……あ、ねえ見て！」

「うん？　ああ、光虫か！」

「そっか〜もうそんな時期だね」

オレの視界をふいとよぎったのは、ごく小さな光。今にも消えそうな、ごくか細い光は、ふわふわと漂って森の方へ消えた。

「光虫？」

「うん、この時期の夜にだけ見られる虫だよ。きれいだけど、夜に外へ出られるのは冒険者ぐらいだから、なかなか見られないよね～」

「キレーだな！　なんか得した気分だ」

これも冒険者特権、だね。オレたちは、名残惜しく消えた光を見つめた。

――ユータ、あの虫が見たいの？

「そうだね、きれいだったもんね」

――じゃあ、ついてくるの！　こっちこっち！

「えっ？　でも、危ないよ！」

――大丈夫なの。今のところ目立つ魔物はいないの。

「ユータ、どうしたの～？」

「えっと、ラピスが危なくないからついてきてって……」

「お、何があるんだ!?　行ってみようぜ！」

「でも、夜の森だよ⁉」

オレは夜目が利《き》くし、実際に彷徨っていた経験もあるけど……みんなは怖くないの？

『みんな、乗って！　ぼくに乗っていけばいいよ！』

『行くの⁉　ラピスが言うなら大丈夫でしょうけど。とりあえずシールドも張っておくわ』

それなら、とオレたち３人はシロに乗って、暗闇に浮かぶラピスの光についていく。

「ぼく、ちょっと、怖いな～」

「だな。やっぱ危険って感じがビシバシするぜ」

森の中の暗闇は、本能的な恐怖を呼び覚ます気がする。ヒトは、夜の森で活動する生き物じゃないって肌で感じる。２人は自然と小声になり、寄り添ってシロにしがみついた。

『大丈夫、シロが守るからね。危なかったら走るから、ちゃんと掴まっていてね？』

黒一色の森において、シロの毛並みはじんわりと淡く発光して、神狼《しんろう》の名に相応しい神々しさを纏っていた。さらさらした被毛は少し冷えて、指に心地いい。

「あ……あれ見て～！」

「わあ、なあに？」

「キレー……だけど、なんか怖いな」

塗り潰したような闇の中で、前方にふわりと光が見えた。近づくにつれ、視界に広がってい

く光は、どうやら湖のようだ。

「わぁ……」

「す、すげー……」

「これは……すごいね……」

森の中から、そうっと湖の方を窺えば、そこには幻想的な空間が広がっていた。

湖一帯にはふわふわと無数の光球が舞い、凪《な》いだ水面は鏡のように星空を映していた。まるで周囲が全部星空になったようで、宇宙にいるかのような錯覚を起こした。平衡感覚すら失いそうな光景に、オレたちはしばし言葉を忘れて見入っていた。

「光虫、こんなにたくさん――！」


「ふわぁ～よく寝――てたらダメじゃない⁉」

テントの中で、ガバっと起き上がった。外、明るいよ？　見張りは？　交代は⁉　ぐっすりと寝たオレは、慌てて飛び出した。

「ごめんね！　交代……」

『ゆーた、おはよう！　みんなよく寝てるよ～』

『見張りは大失敗ね』

――異常なしなの！

すっかり火の消えたたき火の側で、シロに包まれてぐっすりお休みになっているのは、先に見張りをすると言った2人と、チュー助。

『きっと、気付いた頃には魔物のお腹の中ね』

モモが笑いながら、起きない2人の頭の上で飛び跳ねた。オレたち、ちゃんとした冒険者になれるのかなぁ……。ちょっぴり肩を落として、朝食の準備に取りかかった。

「ん、んんー！　あふぁ、いい匂いがする……」

「ふぁ～あ、あれ～？」

『……ハッ！　いい香り!!　主～今日のごはんなに？』

寝ぼけ眼を擦りながら伸びをするタクトに、今ひとつ状況を掴めていないラキ。そして匂いにつられてがばっと起きたチュー助。

「おはよう！　もうすぐごはんできるよ！」

朝ごはんはごくシンプルに、パンとハムエッグ、サラダにスープだ。みんなよりちょっと早起きだったから、スープは少し手間をかけて、カボチャっぽい野菜のポタージュにした。じっくり炒《いた》めたタマネギの甘みが美味しい、あえて裏ごししないとろとろポタージュだ。朝のこっくりとしたポタージュって、しみじみと優しくて、とっても美味しいと思うんだ。

「ぼ、僕寝ちゃってたの!?　うわ～いつの間に……ごめんね～！」

「あれっ？　そういや俺見張りだったわ！　悪い悪い!!　シロに寄っかかってると気持ちよくてダメだなー。安心するしなぁ……」

『2人とも途中まで頑張って起きてたよ！　チュー助はすぐ寝てたけど』

『お、俺様だって起きてたぞ！　あれは目を閉じてるように見えて、集中力を高めていたのだ！』

『え～そう？　ぷ～すぴ～って言ってたよ？』

『うっ、それはその……』

「ほら、チュー助も顔洗ってごはんにしよう。みんなお疲れ様、ありがとう！　おかげで無事に過ごせたよ！　朝ごはん食べたらゆっくり寝てね？」

返事をするのが早いか食いつくのが早いか……シロたちは既に朝ごはんに夢中になっている。見張りだった2人も、申し訳なさそうに席に着いた。

「ユータ、ごめんね～朝ごはん任せちゃった～」

「サンキューな！　美味そう～！」

「ううん！　オレも寝ちゃってたよ」

まだ少し肌寒い早朝の空気の中、大きいスープカップを抱えてふうふう息を吹きかけた。木の匙にひとすくい、ぱくりとやれば、濃厚な甘みに思わず頬が綻ぶ。

「あぁ～美味い」

「あちち……ホッとするね～」

飲み干したスープカップの底までパンで拭って、ぴかぴかに食べ終えると、名残惜しいけどテントの片付けだ。

「う～ん、今後どうしよう。寝ちゃってた～では済まないよ～」

「眠くならない魔道具とかねえかな？」

「子どもの冒険者は野宿しないのかな。みんなどうしてるんだろう？　ギルドで今度聞いてみる？」

子どもの体は、なかなか思うように言うことを聞いてくれない。緊張していれば違うだろうけど、どうしてもシロたちがいるっていう安心感を持ってしまうんだろうね。

「ユータはいいんじゃねえ？　だって召喚士なんだし、召喚獣が代わりに見張りできるならなんの問題もないじゃん」

「そうだね、ユータは召喚獣と離れることはないだろうし、いいと思うよ～。問題は僕たち。他のパーティに入れてもらってもこれじゃあね～。ユータに甘えてるところも多いし、僕たちこそ積極的に他のパーティと過ごさないと、冒険者としてやっていけなくなりそうだよ～」

楽しかったけど、初めての野宿は大きな反省点を残して、オレたちは少ししょんぼりとギルドへ向かった。普段よりはだいぶ早めの時間なので、ギルドの依頼に目を通しておくんだ。

——こちら、爽やかな朝を掻き消す、ギルドの熱気溢れる依頼掲示板前。うだつの上がらなさそうな男たちが、押し合いへし合いして依頼を吟味していた。下のランクの冒険者は数が多いので、どうしてもこうなってしまう。もっと上のランクになると、この押しくらまんじゅうに参加することはなくなるそうだ。すました顔で高ランクの依頼をサッと取っていく——いいな、カッコイイ！

「うーん、護衛とかやってみたいけど、まだまだランクが低いもんね～見た目が子どもだし、ランクだけでも上げないと、何もさせてもらえないよ～」

「だな。とりあえず、まだまだランクを上げねえと話にならないってことだよな……よし、各自ランクアップに励もうぜ！」

相変わらず、一番ランクを上げにくそうなタクトが一番張り切っている。他のパーティに入れてもらって経験を積むのがランクアップに効果的だと思うけど、剣士はかなり多いから、フリー枠で登録していても声がかかりにくいんだ。魔法剣士だとまた違うのかな。

「あ。ユータ」

「お？　おお！　どうしたんだ？　ここで会うのは初めてじゃねえ？」

「あらら⁉　ユータおはようー‼」

聞き覚えのある声に振り返ると、『草原の牙』の面々が揃っていた。元気なルッコにニース、リリアナの目はやっぱり半分だったけど、一応オレを見つけてくれたようだ。

「おはよう！　あのね、依頼を見に来たんだよ！　そうそう、オレたちFランクになったんだ！」

３人がずざっと後ずさった。相変わらず見事なシンクロ率だ。

「ひぃぃ～早い、早いよぉ……」

「狼狽《うろた》えるな！　俺たちだってもうすぐCランクになれる！　きっとなれる！」

「……Cでも追いつかれたり？」

戦々恐々とする３人は、どうやらしばらくはハイカリクを拠点にCランクを目指すらしく、まさに渡りに船だ。

「あのね、オレたちもランクを上げたくて、フリー枠登録もするの。それでね、もし都合のいい時があったら、一緒に行ったりすることって……できる？」

「そりゃ願ってもないな！　ユータならいつでも大歓迎だ‼　索敵《さくてき》できるやつなんてどこも引っ張りだこだろう？　他の子はどうなんだ？　この間会ったっきりだからな、何ができるか知らねえけど……でも本登録できたんなら大丈夫じゃねえ？　経験もいるもんなぁ！」

「ありがとう！　ラキはね、魔法使いで加工師なんだよ。すごく器用だし魔法も色々使えるよ！

タクトは、魔法剣士なんだ。戦力が必要な時に、一緒に連れていってくれたら嬉しいな。オレたち、結構強くなったんだよ！」

「お、おう！　その、頑張るんで……先輩、よかったら指名もらえたら嬉しいっす！」

「ユータの知り合いなら安心～！　ラキです、もしよかったらお願いします～」

２人は少し緊張の面持ちで、ぺこりと挨拶した。

「やーんカワイイじゃない！　いいともいいとも！　お姉さんに任せなさい！　ちゃんと教えたげる！」

「おう、ユータの友達だしな！　先輩として頑張らなきゃな！」

「有望株、大歓迎」

３人は先輩と呼ばれてニヨニヨとしている。どうやら歓迎してくれるようで一安心だ。この３人なら絶対悪いようにはされないもの。

「じゃあさ、今度ゴブリン討伐とか受けてみよっか？　どのくらいできるか見てみないと危ないしね！」

「討伐！　やったーー!!」

ルッコの提案に、タクトは飛び上がってガッツポーズだ。よかったね、念願の討伐依頼を受けられるようになるね。討伐ってあんまり楽しいものじゃないと思うけど、タクトはあれの何が楽しいんだろうな。しかも、ゴブリンって食べられもしないのに……。ロクサレンでのゴブリン討伐を思い出して、オレはちょっと憂鬱《ゆううつ》になった。

でも、何はともあれ、ランクアップに向け、オレたちには頼もしい仲間ができたようだ。

＊＊＊＊＊

「最近、あの子の噂を聞きませんね。落ち着いたということでしょうか？」

「そんなことないッス。あのデタラメ召喚獣のおかげで、2年の戦闘能力、順調に上がってるッスよ？」

「しかし、あの子自体の話はあまり聞かなくなったような……」

「私の中では常に話題ですけどね!?　ねっ！　ジュリアンティーヌ！」

「ムゥ？　ムイムイ！」

「……メメルー先生、曲がりなりにもマンドラゴラを持ち歩かんで下さい。それと生徒に変なものを作らせんで下さい」

「なっ！　ジュリちゃんを変だと言うの!?　ツィーツィー先生の服の方がよっぽど変です！」

「な、何をっ！　こ、これはかの有名なブランドで……」

「はーいはい、分かったッス。ジュリちゃんかわいッスねー最高ッスー。先生の服、いつも攻めてるッスよねー、前衛的でいいと思うッスー」

「うふ！　そうでしょ！　見てこの葉っぱのツヤ！　このハリ！」

「ふむ、君はファッションに興味などないと思っていたが……なかなか見所があるではないか」

おざなりな褒め言葉に、２人はころっと機嫌を直した。……疲れるッス。マッシュ先生は死んだお魚の目でため息を吐いた。どうしてこうアクの強い人ばかりが先生に選ばれたのか。自分もその中に入るとはつゆとも思わず、彼はもう一度深々とため息を吐いた。どうやら最近は大人しくあるらしいツィーツィー先生は、噂を聞かなくなったのが不満らしい。ユータに興味がく、というよりも授業に出る回数が減っているのが一因のようだ。彼は座学も優秀だし、試験を積極的に受けて自分の時間を確保しているようだ。

「ユーダぐんがぁ！　わだじの授業もあんまり来でぐれない～～!!」

マッシュ先生は、そう言って大量の鼻水を垂らして泣いていたメリーメリー先生を思い出した。ちなみにその時のタオルを返してもらっていないことも思い出した。

体術の授業は比較的受けてくれているので、マッシュ先生はちっとも困らない。タオルを鼻水まみれにされたことの方がよっぽど困るくらいで。うん、あのタオルは諦めるッス。

「彼は、座学は結構受けてるみたいッスよ～！　メリーメリー先生も、教えてないのに実技を全部クリアされたって嘆いてたッス」

「ほう、座学に興味があるとは素晴らしい。彼なら特別授業をしてやってもいい」

機嫌よさそうにするツィーツィー先生に、多分、実技で目立ちたくないだけッス、とは言えず、今日もマッシュ先生は適当な相槌《あいづち》で右から左に聞き流すのだった。

でも、学校にいない分、外で騒ぎを起こすんじゃないッスかねえ？　そんな考えが頭をよぎらなくもないけれど。

7章　A判定の回復術士

「おはよう〜！」

「お、白犬の！　今日も配達か？」

強面《こわもて》さんが多いギルドに入るのも、慣れたものだ。シロがいるおかげでもあると思うけど、ギルド内でも居場所ができてきているようで嬉しい。ジョージさんがどこからともなく現れて目をギラつかせるせいかもしれないけれど……。

「今日はね、回復のお仕事をするんだよ！」

「回復……？　お前、回復も使えるのか!?　羨ましいぜ！」

今日は配達屋さんはお休み！　以前から頼まれていたギルド内の回復屋さんをするんだ。冒険者ギルドでは生傷の絶えない人が多いのだけど、多少の怪我では勿体なくて回復薬なんて使わないし、よそで回復魔法をかけてもらうのもそこそこお高いらしく、使わないそう。

「おお、来てくれたか！　A判定くん!!」

「……ユータです」

「そうそう、ユータくん！　ささ、こっちへ！」

全然話を聞いてなさそうな職員さんに案内されて、こぢんまりとした一室をあてがわれた。

「希望者をここへ連れてくるからね、回復お願いできるかな？　職員は付き添うし、お金は案内する前に払ってもらってるから、安心していいよ」

ギルドでは回復術士の実力を把握するためと、怪我が悪化してひどいことになる冒険者を減らすために、格安で回復するギルド内回復屋さんの依頼を常に出しているそう。だけど、よそでやればもっとお金を取れるのだから、割に合わないらしく人気がない。

「できたら、定期的にやってくれると助かるんだがなぁ。確かに値段は安いかもしれないけど、ほら、安全なギルド内でできるし、患者に脅《おど》されて不払いなんてこともないだろう？」

確かに。オレにとってはいい練しゅ……経験になるし、ギルド内に安い回復所があれば、みんな安心だもんね。ちゃんと回復魔法の本は読んでいるし、タクトでほどよい回復レベルも把握できているし、あとは数だ。オレにとっては願ってもないお仕事だったりする。


椅子とベッドしかない殺風景な部屋で、ちょこんと座った。これ、誰も来なかったらすっごく暇だよね。一応、誰も来なくても依頼料は入るけど、来る人が少なくても多すぎても割に合わない仕事かもしれないね。

「こちらへどうぞ」

そんなことを考えていたけど、さっそく患者さんが来たようだ。普通に歩いてきている辺り、怪我の程度も知れるってものだ。

「ここか。……あれ？　回復のおねーさんは？」

「回復術士はオレですけど？」

ひょいと顔を覗かせた男が、きょろきょろしたあと、オレと見つめ合ってお互いにきょとんとした。

「はあ!?　回復術士って言ったらアレだろ!?　べっぴんのおねーさんが優しくなでなでしてくれるやつだろ!?」

「違います」

案内してくれた職員さんが、氷の視線で一刀両断。いきり立ちそうだった男が、絶対零度の瞳に思わず怖じけづいた。回復術士のイメージって……。

「どうぞ」

冷ややかな声に促され、男はホールドアップしそうな勢いでストンと椅子に座った。

「あの。それで、怪我はどこですか？」

「……ちっ。いえっ！　なんでも！　はいっ！　こちらです!!」

チラチラと背後の職員さんを気にしつつ、男は上着の片袖を脱いだ。

「わあ……痛そう……」

「へ、こんなもん大したことねえぜ。ちょっと油断しちまっただけさぁ」

思わず顔をしかめたオレに、男は自慢げに語った。得意そうだけど、油断して怪我したんでしょ？　格好いいものじゃないと思うけどな。

男の傷は深くはないけれど、痛そうだし、ひとまず治してしまおう。肩から上腕にかけてザックリと裂けた傷に、そっと手をかざしてぶつぶつと適当な文句を呟いた。

「お……？」

ふわっと柔らかな光と共に、みるみる傷が塞がっていく。

「はい、できたよ。どう？　痛くない？」

「す、すげえ！　痛くねえ！　なんだ、ちっこいくせにやるじゃねえか……！　回復魔法ってこんな気持ちいいんだ」

「そう？　お大事に！」

すっかり傷の癒えた腕をきれいに拭って、オレはにっこりと笑った。初めての回復魔法だったんだね、やっぱりかけてもらうことって少ないんだなぁ。嬉しそうにぶんぶん腕を振りながら出ていく男を微笑ましく見送ると、職員さんが驚いた顔をしていた。

「どうしたの？」

「いえ……A判定とは聞いていましたが、素晴らしいですね。あの傷をこんなに早くきれいに、さすがです」

褒められた！　オレはほっぺを赤くしてにこっとした。怪我を治すのって、純粋に喜んでもらえるから嬉しいね！　戦闘なんかと違って心配されないし。

「オレ、あんまり回復魔法を使ったことなくて……。他の人と違うところがあったら、教えて欲しいです」

「そうなの？　いえ、そうよね。その年でたくさん経験している方が問題よね。魔力はまだ大丈夫？」

「うん！　あのね、オレ魔力量も多いんだって、先生が言ってたよ！」

「それは助かるわ！　どうして回復術士をメインにしないのかしら？　そっちの方が安全でたくさんお金をもらえるわよ？」

「でも、オレは召喚士がしたいの！」

「そうなの……勿体ないけど、まあこれからゆっくり考えればいいわ。ちびっ子はみんな冒険に憧れるものね」

ギルド職員さんは、みんな多少なりとも冒険者の心得がある人たちだ。お姉さんの余裕ある流し目に、きっと強い冒険者さんだったんだろうなと感じた。こういうのも、カッコイイな。

将来はギルド職員として働くのもいいかもしれない。揉め事があった時に颯爽《さっそう》と出ていって、「ギルド職員は引っ込んでろ！　なにっ!?　こ、こいつ……!?」ってやりたいでしょ！　わくわくするよね！　逞《たくま》しく成長した自分の姿を思い描いてニヤニヤするオレに、お姉さんは生温かい視線を送っていた。


「はい、次の人～」

なんだか診療所の先生になった気分だ。次は長い白衣を用意しようかな、雰囲気出るよね！

「え、あれ……？　子ども？」

今のところ回復室を訪れるのは男性ばかり。そしてみんなそわそわ入ってきては、オレを見てガッカリする。そんなに？　そんなに美女の回復術士が定番なの!?　保健室の先生的な!?　けれど、回復魔法自体はみんな満足するらしく、不服そうな様子を一変させて帰ってくれるので、まあいいか。格安とはいえ、お金を徴収しているのだから、満足してもらいたいもんね。

「あの、本当にまだ大丈夫です？　もう結構な人数になりますが……」

「あ、そっか。ちょっと疲れた気がする！　休憩してもいいですか？」

元気に答えたオレに首を傾げつつ、職員さんも休憩のために退室した。そっか、職員さんの休憩も必要だもんね、ちゃんと頃合いを見るようにしよう。結構な人数とはいうものの、まだ

5人程度だ。それも軽傷ばかりだもの、使う魔力より回復する魔力の方が多そうだ。

ただ、魔力はなんの問題もないけど、ちょっと緊張はするから、その分疲れる気がする。オレは1人になってホッとすると、うーんと伸びをした。さて、どうしようか。ここの人たちは休憩っていうと結構な時間を費《つい》やすので、きっと10分や20分じゃなく1時間単位で考えられているだろう。魔力の回復を考えるとそのくらいは妥当かな。

「それにしてもオレくらいの年だと、軽傷5人を回復した時点で魔力が尽きているかもしれないってことなんだね」

『そうね、まあA判定ってことがバレてるんだから、少しは無茶も利くでしょうけど、あまりやりすぎないように気を付けないといけないわね』

子どもの魔力量っていうのは本当に少ないんだな。それなら、学校の友達はみんな、すごく将来有望な面々になるんじゃないだろうか。たくさん魔法の練習をして、攻撃だけじゃない便利な魔法も使えるようになっているから、日常的に使うことが多いんだよ。そして、そうすると魔力量の伸びもぐんとよくなるみたいだ。そういえばメリーメリー先生が、みんな魔力量の増加がすごくない!? って驚いてたもんね。

「ユータくんお疲れ様！　頑張ってるらしいわね～！　どのくらいで帰ってくる？」

「ありがとう！　うーんと、1時間ぐらい？」

「ゆっくりしてくるのよ！」

受付のお姉さんに、はーいとお返事をして手を振ると、オレは一旦ギルドを出た。この時間を利用して何か配達でもしようかと思ったけど、さすがに止められそうだ。

『ユータ、お散歩？』

「そうだね～、久々にゆっくりお散歩するのもいいね！」

喜ぶシロと一緒に賑わう街を歩いていると、いつかの呪いグッズ店の近くを通りかかった。

「あれ？　前はもっと人が少なかったのにね」

『呪いの店が賑わってるって、すごく変な感じね』

以前はほとんど人がいなかったのに、今日はなかなか盛況な様子だ。店内を覗いてみると、奥の鉄格子内にある「危ない呪いの品」の数も格段に増えて、ぎっちり詰まっている。おかげで嫌な気配がビシバシ伝わってくる。店員さんたちが全然平気そうなのは、呪いを感じられないタイプの人なんだろうな。呪いのグッズを売る人としてどうかと思うけど、それを感じないことが店員になる必須条件なのかもしれないね……。

「こんにちは！　なんだかすごく品物が増えたんだね！」

「いらっしゃ……おお、あの時のお客さん！　あんなことがあったのに、先日も来ていただいたようで。そうなんです、最近は羽振りがよくなりましたよ！　いや、本来はこんな感じだったんですよ？」

「そうなの？　前に来た時はどうして少なかったの？」

「はは……恥ずかしい話で、同業者の妨害でね。なかなか力のあるグループみたいで、片っ端から呪いの品を入手していっちまうもんで、こっちはすっかりがらんどうになってたんですよ」

呪いグッズのお店なんて、そんなにたくさんないと思っていたけど、案外需要はあるんだね。ちなみに、その人たちはしばらく前に街を撤退したらしく、これからはウチが盛り返しますよ！なんて店主さんは張り切っている。

ゆくゆくはウチの商品が街のそこかしこにあるってのが理想ですねー、なんて目を輝かせて語っているけど、売ってるのは電化製品とかじゃないからね？　呪いグッズだからね？　そこかしこにあるのは……遠慮していただきたいところだ。

「いけませんね、つい夢を語っちまいまして。それで、何かお求めですか？」

「あ……ううん、賑わってるなって思っただけなんだけど。そうだ、前みたいな魔寄せとか魔力保管庫みたいなものはないの？」

「あー、そういうイイやつは全部持ってかれてるんで、これから揃えていきますよ。こんなのどうです？　座ったらぐるぐる回るクッションとか、跳ねる靴なんてお子様に人気ですよ」

「……いらないです」

相変わらず使いどころに悩む微妙なグッズが多いようだ。そもそも呪いグッズだもんね。召喚に使う魔力が案外多くて大変だから、次の召喚のために魔力保管庫の予備が欲しかったんだけどな。

『それなら素直に魔道具店なんかで買えばいいんじゃないの？』

あ……そっか!!　その手があった！　でも、貴重なものっぽいし、お高いんだろうなぁ。憧れのオーブンは諦めて、まずは魔力保管庫にあてるべきかなあ。

結局、呪いグッズのお店や露店をぶらぶらして、ピンク色の果物ジュースを飲みながらギルドへ戻ってきた。

「あっ！　帰ってきたわ!!」

「ユータちゃん!!　魔力大丈夫？　ごめん、怪我人がいるの！」

普段はのんびりした昼間のギルドなのに、なんだか慌ただしい。浮き足だった雰囲気に驚いていると、両側からがしっと捕獲されて、あれよあれよと先ほどの個室に連行されていった。

「なに？　何があったの？　怪我人？」

「そうなの。ユータちゃん、まだ小さいのにごめんなさい！　でも、回復薬が足りなくて。今使いをやってるのだけど、回復術士がいてくれると助かるの！」

ギルド奥の通路には数人が座り込んで手当を受けていた。回復室に近い人の方が、重症度が高いようだ。

「ユータ！　来たか。悪い……少し助けてくれねえか？」

回復室にはなんとギルドマスターがいて、数人の職員さんが一生懸命、怪我人の手当にあたっていた。少しでも回復魔法を使える人が交代で魔法をかけ、溢れる出血を抑え、重傷の患者に少しずつ回復薬を振り分けて使用している。

「老朽化した宿の取り壊しで事故だ。死人はいねえが、死にそうなやつがこの通りだ」

身も蓋もない言い方だけど、それどころじゃない。呻《うめ》き声の溢れる通路と打って変わって、室内は静かだった。狭い個室内はベッドが取り除かれて、5人が床に寝かされていた。中でも命の灯が消えそうなのが2人。

「これ、使って！」

取り出した数本の回復薬をギルドマスターに押しつけ、スライディングする勢いで重傷者2人に手をかざした。

「外のやつらに使え！」

ギルドマスターは、職員さんに回復薬を押しつけて追いたてた。オレは両手をいっぱいに伸ばして2人同時に回復魔法を使う。大丈夫、ゴブリンの時の少年たちよりは余裕がある！　生きているなら、助けてみせる！　光と共に、みるみる傷が塞がって出血が止まり、カフ、カフと顎を上下させていた不規則な呼吸が、徐々に規則的になった。

「お、おぉ……」

ギルドマスターの感嘆の声が聞こえた。すうすうと穏やかな呼吸と、赤みの差した頬を確認して、オレはほう、と息を吐いてギルドマスターを見上げた。

「間に合ったよ。……もう大丈夫」

額の汗を拭ってにっこりすると、急いで残った3人の治療を行った。回復魔法は他の魔法に比べてとても疲れるし、魔力も多く使う。召喚にしてもそうだけど、なんていうのか、生命魔法ってなんだか効率が悪いんだよ。

5人の治療を終えた頃には、ギルド内に急を要する人はいなくなっていた。よかった、と足を投げ出して座り込むと、壁に体を預けて力を抜いた。

「――お前……」

ギルドマスターが、ぐいとオレの顎に手をやって覗き込んだ。

「お前、やっぱり……。お前が『天使』なのか」

間近にある男臭い顔に問われ、オレは目を見開いた。

な、ななななんで!?

いや、落ち着いて！　いきなり『天使』疑惑が持ち上がって戸惑ったけど、そんなマズイことはしていないハズ……ただ回復しただけだもの。

「ど、どうして？　オレが？　天使って？」

焦る心を抑えて、一生懸命平常心を取り繕って聞いた。

「ここまでの回復量……それに、天使は幼い子どもだったたって噂もある」

「えっ……それだけ？」

思わず拍子抜けた。それって、ほぼギルドマスターの当てずっぽうじゃないか。なーんだ……思わず安堵したオレを、至近距離の瞳がじいっと見つめる。

「それだけ――か、確かにな。でもなぁ、どうにもお前だって気がしてならねえ。そもそもその年でこんなに回復できるヤツなんて初めて見たぞ？　魔力量にしてもだ。天使遺跡もロクサレンの方だろう？　まさか……お前、遺跡から出てきた古代人、なんてことは……」

「ぷはっ！　あはは、そんなわけないよ～！」

話が突拍子もない方へ転がって、思わず吹き出した。古代の天使だなんて、ギルドマスターって結構ロマンチストだ！

「ちっ……ハズレか。でもよ、その年でこの回復をこなすヤツなんていねえからな。ま、A判定を見たのも初めてだがな。はっ、天使じゃねえってんなら遠慮はいらねえよな？　こき使わせてもらうぜ？」

むにっ！　と大きな手でほっぺたごと掴まれると、額を突き合わせそうな状態で凄まれた。

ぐっと下がった重低音の声に、射貫《いぬ》くような瞳。ニヤッと上がった口角。舌なめずりせんばかりのギラついたギルドマスター、完全に悪役だ。

「う、ふぁい……」

天使疑惑は免れたみたいだけど、貴重で便利な回復術士認定を受けてしまった気がする。

「マスター！　届いたわよ……って何やってんのよぉっ!!」

「ぐおっ!?」

部屋に駆け込むが早いか、捻り込むようなアッパーがオレとギルドマスターの間を割った。

「ユータちゃんに乱暴するなんて!!　信じられないっ！　サイッテー!!　地獄に落ちてゴブリンのエサにでもなって反省しろっ!!」

「てめっ！　やめっ、ろっ、つうの!!　乱暴っ……なんて！　して、ねえっ!!」

ギルドマスターとサブギルドマスターの激しい肉弾戦に、慌ててシロと2人で患者さんたちを避難させた。こんな狭いところでケンカしないでよ！

「大体！　いっつもいつもギリギリまで書類放置してんじゃないわよ！」

ドカァ！

「うるせえ！　俺だって忙しいんだよ！　てめえだって目の保養なんつって受付にちょいちょい下りてんじゃねえか！　仕事が滞《とどこお》ってんだよ！」

バキィ！

——ねえ、帰ってもいいかな……。オレは部屋の隅で膝を抱え、虚ろな目をしていた。

「なんですって‼　滞ってんのはあんたの仕事でしょうが！　私の仕事は全部済んでんのよ！」

唸る拳、飛び散る汗と椅子のカケラ。2人の争いはもはや全然関係ない方面へ向かっている。ストレス、溜まってたんだね。たまには拳で語り合うのもいいかもしれないよね……なんて現実逃避していたものの、オレも疲れてるから帰りたい。

「——それで、ジョージさん、どうしたの？　ご用事は？」

さらに拡大しそうな被害に、意を決して声をかけた。廊下でそ知らぬふりをしていた職員さんたちが、にっこりとサムズアップしてきた。グッジョブ！　じゃない！　ちゃんと自分たちで上司を止めてよ！

「ユータちゃ～ん！　大丈夫？　ほっぺ潰れてない？　いやね、乱暴な人って！」

声をかけるなりシュピッとオレの側にしゃがみ込んで、乱れた髪のジョージさんは憤然と言った。乱暴、とは。思わず部屋の惨状に目をやって、そっと目を逸らした。

「……大丈夫！　それで、用事じゃなかったの？」

「そうそう、回復薬を届けに来たんだけど、なんかもう必要ない感じ？　ユータちゃん回復薬たくさん持ってるのね！　とっても助かったわ」

「おう、通路のヤツらは回復薬だが、こっちは回復魔法だ。こいつ、スゲー使えるぜ！　ウチのギルドの専属にしようぜ」

「えっ……ユータちゃん、確かにAって聞いたけど、そこまでなの？　魔法も召喚も使えるでしょう？　何それ！　極上かわいい上にお供もかわいいで、さらに追加特典が⁉　ウチの専属ね！　はい決まり‼」

ガシっと手を握り合って、いい笑顔を向けるギルドマスターとサブギルドマスター。どうやら拳で語り合った効果はあったようだ。――じゃない！　決まらないよ！　オレの意思は⁉

結局、まあまあ、なあなあって、2人の妙に優しげな笑顔で何となくうやむやにされてしまった気がする。一抹の不安を残して、オレはギルドをあとにしたのだった。

＊＊＊＊

「ありがとうございます！　本当に……‼　一生かかってもお返しします！」

「あいつらが助かったなんて……信じられない！　たまたま腕利きの回復術士がいたんだとよ！　なんて運のいいやつらだ」

ギルドは治療を終えた患者でごった返していた。涙を浮かべて感謝され、俺じゃねえよとおざなりに手を振った。信じられない、か。そうだな、俺だってそう思うぞ。

事故の当時、ギルドが現場から近く、依頼を受けていたのが冒険者だったために、怪我人は遠方の治療院よりこちらへ運ばれてきていた。だがギルドだって平時にそう多くの上級回復薬をストックしているわけではないし、常に回復術士がいるわけでもない。正直、重傷者数名は無理だろうと思っていた。例え治療院で施術《せじゅつ》してくれると言われても、その道中で息絶えるだろうと。それでも、わずかな可能性に賭けて、あの時は回復薬をぶっかけ続けていた。

「――くそ……っ！」

こんな回復薬じゃどうにもならねえ。そうは思っても、ただ減っていく呼吸を見ていられない。俺は、こいつらを知っている。こいつらの人生を知っている。年齢もそこそこ、子どもがいるからと、街中の依頼だけを受けるようになった。ギルド内で得意げに語られる冒険譚《たん》を少し羨ましそうに聞きながら、それでも毎日家に帰りたいからって、そう言ったじゃねえか!!

冒険者なんて、大体俺の顔見知りだ。訃報《ふほう》は珍しくもない。ないが、リスクを避けて動いていたんだぞ、こんな事故なんて、あんまりじゃねえか……。

「……マスター、この回復薬では……」

「……分かってる。他へ回せ」

死にゆく男に、まだ無駄に薬を使うのか。躊躇いがちに問われ、俺は立ち上がって全ての回復薬を職員に渡した。

「なに？　何があったの？　怪我人？」

その時、両脇を抱えられるようにして部屋に引っ張り込まれたのは、A判定の回復術士。

「ユータ！　来たか。悪い……少し助けてくれねえか？」

なるべく死にゆく男を見ないように、顔を上げた。ジョージが上級薬を集めているはずだ。それが来るまでもたせられたら、残り数名は、助けられるかもしれん。子どもに見せるものじゃないが、回復術士なら避けられんものでもある。俺は諦めを宿して、小さな回復術士に目をやった。だが、ヤツは違った。

怪我人を見たユータの目の色が変わった。のほほんと、いつもゆるゆるしていた表情が一変する。そこからは――あっという間だった。

これが、これがA判定の実力……!!　だが、本当に？　治療院での回復術士は、こうまで神々しかったろうか？　勘に従い、職員を部屋から出した自分の判断は正しかったと、俺はただその光景を、息を呑んで見つめるしかなかった。

間に合ったよ、その言葉に膝が震えた。大丈夫、なんてあやふやな言葉が、こんなにも心を支えるなんて、思わなかった。


「なんで、隠しやがる……」

ギルドマスターは不機嫌さを隠さず、すっかり暗くなった窓の外を眺めた。人気のなくなったギルドで、気怠《けだる》い体を椅子に落とし、どかりと机の上に足を載せた。

――あれが、天使だ。それはもはや確信だった。なのに……。

素晴らしい功績を、素晴らしい才能を、ひた隠しにする姿勢が気に入らない。俺の功績になるのも気に食わない。なぜだ。もっともてはやされるべきだろうが！　なんで普通の子どものフリをする。数多の命を預かるギルドマスターとして、幼くとも実力者はそれなりの扱いを受けるべきだとも思う。

「…………」

仏頂面《ぶっちょうづら》で、面白くなさそうに右手を眺めた。気に入らない、気に入らないが……。その手で掴んだ頬は、あまりに脆く柔らかく、儚《はかな》い幸せのようだった。

――これは、『子ども』だ。その瞬間、感じ取ってしまった。その、ひた隠しにしたい気持ちと、それを守りたい自分の気持ちを。

「……気に入らん」

認めたくなくて、右手を握り込むと、拳で机を叩いた。バキっと鳴った気がする。バレたらまた金を引かれるじゃねえか。

「……まあいい。言いたくないいなら無理にとは言わん。そうとも、協力してやろうじゃねえか。その代わり、存分に役に立ってもらえばいいってな」

再び手を開いてランプにかざすと、悪辣《あくらつ》だと定評のある顔で笑った。

ギルドマスターは、それすらも言い訳じみていることには気付かなかった。

8章　月光の遠吠え

「そう言われても……イジワルしてるわけじゃないのよ？」

受付さんの困り顔に、渋々と膨らんだ頬を萎ませた。

「でも、オレだけソロの依頼がないよ？　タクトもラキもソロでパーティに入れてもらってるのに」

そうなのだ。オレだってソロ登録しているのだけど、まだ一度も割り当てがない。２人はもうとっくに、何度も臨時パーティを組んでいるのに。そりゃあ、ギルドの人が裏で操作してるんじゃないかと勘ぐりたくもなる。２人より授業を減らして、いつでも受けられるように待ち受けているのに、一度もないなんてあるだろうか。

「え、えっとね……君は回復術士で登録してるでしょう？　でもね、まだFランクだから。Fランクの回復術士をわざわざソロで募集するパーティはなかなかないのよ。ギルドが勝手にA判定の回復術士だなんて売り込めるわけもないし、ね？」

それは、そうかも。普通は回復術士だってランクに応じた実力だろうと予想するし、わざわざかすり傷しか治せない回復術士をパーティに入れたりしないだろう。

「で、でも、それなら他の回復術士はどうしてるの⁉」

ちょうど背伸びして顎が乗るカウンターで、騙されまいと受付さんを見上げる。回復術士は、何もオレだけじゃないし、いきなり高ランクになれるわけがない。条件はおな……まあ、子どもの回復術士は少ないかもしれないけど！

「回復術士はそもそも戦闘しない人が多いから、外へ出る臨時パーティに参加すること自体が少ないわ。治療院の依頼を受けて、臨時雇いに参加することが多いわね。普通は街中の依頼よ」

どうやら冒険者とはいっても日銭を稼ぎやすくするために登録しているだけで、本来は治療院で勤務するのが普通らしい。あとは、経験を積んでからお金持ちのお抱えになったり、長距離移動時の救護班的な扱いかな。でも、それだとおかしい。

「じゃあ、どうしてオレは回復術士で登録しておくといいって言われたの？」

「えっ……？　それはそのぉ、誰からそんな風に？」

「ギルドマスターとサブギルドマスター」

受付さんが、全てを理解した顔で哀れみの視線を寄越した。

「失礼しますっ！」

階段を駆け上がったオレは、ノックもそこそこにバァンと扉を開け放って、室内に飛び込んだ。ギルドマスターはだらしなく机に足を上げ、いかにも気怠げに書類を眺めていた。

「なんだ。うるせえぞ」

驚いた様子もなくちらりとこちらに目をやって、これ幸いと書類を放り投げた。オレは肩を怒らせてつかつかと歩み寄ると、キッと眼光鋭く見上げた。でも、机にドンと手をついて凄むには、ちょっと身長が足りない。机の上を占領する足も邪魔だ。迷った末に、直接ギルドマスターのお腹に飛び乗ると、ぐいっと間近に詰め寄った。

「……乗るんじゃねえよ。なんだっつうんだ」

ギルドマスターは睨みつけるオレから視線を逸らし、仰《あお》のくように顎を上げてのけ反った。

「ねえ！　オレを騙したでしょ！　回復術士で登録したら、全然臨時パーティに入れてもらえないよ！」

ギルドマスターはちらりとオレを見下ろすと、ハン、と明らかに馬鹿にして笑った。

「おっせぇー。俺は騙してねえぞ、ちゃんと言ったろ？　お前はそれで登録するのが一番いいってな」

ぐ、と腹筋が盛り上がったと思うと、体を起こしたギルドマスターにひょいと襟首を摘まんで机に載せられた。オレ、怒ってるんですけど！　猫じゃないんですけど！　下ろすなら普通はさ、床じゃない!?

「お前は俺んとこで回復だけしてりゃいいんだよ」

低い声で凄まれつつ、ぐりぐりと乱暴に頭を揺らされて、俺のほっぺはパンパンに膨らんだ。

「いいよもう！　ギルドマスターの言うことなんて、もう信じないー！」

思い切りイーッとやって机から飛び降りると、念のためにドアの前でもう一度イーッとして飛び出した。

「あ、そう。目立ちたくねえっつうから守ってやってんのによ」

ギルドマスターは誰にともなく呟くと、腹を撫でて、くつくつと笑った。


「あ、ユータやっと気付いたんだ～」

「おっせぇ～！　さすがユータだよな」

相談した2人にもギルドマスターと似たようなことを言われ、ぶすっとむくれた。どうせオレはぼんやりしてますよ！

『自覚はあるのね』

『違うぞ、主！　主はただポンコツなだけだ！　気にすることないって！』

左右の肩からとどめを刺され、オレは枕に顔を突っ込んでうつ伏せた。

「まあまあ、ユータが他の能力を晒してもいいっていうなら、追加で登録すればいいんだし～」

ラキがぽんぽんとオレの頭を撫でた。２人も、教えてくれてもよかったんだよ？　ギルドのトップの企みに気付いていたんならさ。

「でもユータは配達で稼いでんだから、別に他でパーティを組む必要もないだろ？　一応、色々と配慮してくれたんじゃねえの？」

苦笑したタクトの声に、少し顔を上げた。配慮？　もしかして、あまり目立ちたくないのに気付いて気を使ってくれたんだろうか。それなら、ちょっと悪いこと言っちゃった。

「お前、トラブル起こしそうだし、ちっこいし、また攫われたら困るし」

タクトは、投げつけた枕をなんなく受け止めて笑った。


「それじゃあ、本当にいいのね？　こちらも相性を考えるけれど、限度があるわ。相手は大人が多いんだから、嫌な思いや怖い思いをすることもあるわよ？」

ジョージさんが、眉を下げてオレを見つめた。

「うん、オレは子どもだから。きっと嫌がられるって分かってるよ。大丈夫」

「そう……。これ以上止めることはできないし、あなたは実力があるわ。魔物には対処できると思うの。でも、人に対処できるのかしら」

伸ばされた手に大人しく撫でられると、ジョージさんは寂しげに笑った。

「ユータちゃんは優しい顔ね。何も、こんな小さな時から外に行かなくてもいいと思うの」

「ありがとう。オレ、いっぱい優しくしてもらってるから。あのね、嫌なことがあっても、怖いことがあっても、オレはそこへ帰ってこられるから。だから、大丈夫だよ」

にっこりと見上げると、ジョージさんは眩しげに目を細めて、開きかけた唇を結んだ。出なかった言葉に、オレはこくりと頷いてみせる。大丈夫だよ、ちゃんと戻ってくるから。


追加で登録を行った効果はすぐに出た。指定の日にギルドで待つようにと通達を受け、オレは朝からそわそわとギルドへ向かっている。

「ユータ、今回は召喚士、だからね～！『シロが』戦うんだよ～？」

「どう見ても舐められるぜ……やっぱ俺、ついていってやろうか？」

なぜか授業をほっぽり出してギルドまでついてきたラキとタクトは、保護者よろしくオレの世話を焼いている。2人がいるなら臨時パーティを組む必要はなかったんだけど？

今回召喚士のお呼びがかかった際に、力のある召喚獣がいるならFランクでもいいと先方のOKが出たらしい。ちなみに召喚士は呼び出せる召喚獣についてもある程度の登録が必要だ。荷物運びができる召喚獣、との指定なので、シロを登録しておいた甲斐があったようだ。

「ねえ、でも本当に大丈夫なの～？　野営が入るかもって、僕たちまだ練習中なのに～」

「お前、朝ダメじゃねえ？　まあ夜もダメだけど」

そう、今回はなんと野営があるかもしれないと言われている。３人での初めての野営は散々な結果になったけれど、あれ以降も訓練を続けているし、タクトだって臨時パーティでの野営を経験している。先輩の冒険譚を聞いて夜を明かした話が、羨ましくて仕方なかったんだ。ちなみにタクトはすぐに早起きに慣れたけれど、オレは朝に起きられたことがない。でもいいんだ！　だって今回は召喚士だもの！　シロたちが起きていればいいって言ってたでしょ？

「ねえ、そろそろ時間だから――」

付き添われてるの、恥ずかしいから！　これから参加するパーティに見られたらどうするの。ぐいぐいと背中を押して向こうへやると、２人は渋々と奥のテーブルについた。２人とも学校あるでしょ、１人で大丈夫だから！　見られているのも恥ずかしいの！

所在なくカウンター付近で立ったり座ったりしていると、受付さんの声が聞こえた。

「――はい、もう到着されていますよ。こちらです」

ドキリと心臓が跳ねて、体ごと飛び上がった。受付さんが、ちらりとオレと視線を合わせる。きっと、オレの臨時パーティメンバーだ。

受付さんに促されて、その人の視線がスッと下がる。呼吸も止めて見つめるオレと、ばちりと目が合った。

「え？　まさか、とは思うけど……召喚士って、このチビっ子？」

背の高いお姉さんが、困惑の表情でオレを見下ろした。

「はい、こちらFランクの召喚士、ユータ様です。扱う召喚獣は荷運びが可能です」

ちらりとオレに向けた心配げな瞳を隠し、受付さんは淡々とオレを紹介してくれた。

「あの、こんな子どもでごめんなさい！　でも、召喚獣は大きいから大丈夫！」

この反応は想定の中でもいい方だ。きっとギルドも、そういう人を選んでくれたのだろう。

ドキドキとうるさい心臓を抑えて、ぺこりと頭を下げた。

「えっと、荷運びだから召喚獣が働けさえすれば構わないけれど……でも、外よ？　危険なのよ？　私たちはまだパーティランクEなの。あなたはそれでいいの？」

お姉さんは、長い足を折ってしゃがみ込み、腰に下げた剣がカチャリと音を立てた。その瞳は迷惑というよりも、オレに対する心配で溢れている。緊張しきっていた瞳が、安堵で緩みそうになって瞬いた。

「大丈夫！　冒険者は自己責任だから。危ない時はオレを置いていって構わないよ」

しっかりと力を込めて見つめた瞳に、お姉さんは少し目を見開いた。そっと伸びてきた手がするりとオレの頭を撫でる。

「しっかりしてるわね。プッチの弟と同じくらいだと思ったけれど、全然違うみたい。あなたがいいのなら、行きましょう。大丈夫、置いていったりしないわ」

お姉さんが華やかに微笑んで立ち上がり、傍らで見守っていた受付さんは、ほっと肩の力を抜いたようだった。

「ところで、ユータくん、だったかしら？　私、随分嫌われているみたいなのだけど……」

きょとんと首を傾げて視線を辿ると、奥のテーブルからギラギラした目でこっちを見つめる2人組がいた……。お兄さんかしら、とくすくすと笑われ、カッと顔が熱くなる。やめてよ！　いい人みたいだから大丈夫だよ！　オレは上気した仏頂面で、2人に手を振った。

「うちのメンバーはあっちで待ってるの。多分、ビックリしちゃうと思うけど、気を悪くしないでね」

「ううん、怒られるかもって思ってたくらいだもの。あの、でもその前に下ろして欲しいんだ」

ギルドを出ると、ごく自然な動作で抱き上げられた。抱っこに慣れてしまっているオレも、つい自然に身を任せてハッとする。この状態で紹介されるのはあまりに印象が悪い。まるで赤ちゃんじゃないか。決まり悪くてもぞもぞしたオレに、お姉さん――フレイナさんが吹き出した。

「あら！　私ったらつい。ごめんね、よく君と同じくらいの子の面倒を見るもんだから」

それがさっき言っていたプッチさんの弟だろうか。子どもに慣れたパーティなのかもしれない。明らかにギルドの人たちの配慮を感じて、ひどいことを言ったと胸が痛んだ。

「フレイナ～、どんな人――って、どうしたの？　その子。迷子？」

さて下ろしてもらおうとしたところで、杖を持った元気なお姉さんが駆けてきた。これってもしかして？

「あら、プッチ。待ち切れなかったの？　こちらが今回の臨時メンバー、ユータくんよ」

フレイナさんがそっと下ろしてくれたけど、時既に遅し……。どうやらこれがプッチさんらしい。そしてその後ろにいる男性がドーガさん。オレはちょっぴり涙目になりながら自己紹介をした。

「ユータって、すごいね！　あたしの弟なんて、まだ服を逆さまに着たりするレベルなんだけど!?」

一様に驚きと心配はされたものの、怒られもしないし、嫌がられもしなかった。覚悟していただけに、こんな人たちもいるんだと、どこかほわほわとした気分だ。ちなみに、セデス兄さんだってまだそのレベルだから、プッチさんの弟くんも大丈夫だよ。

目的地へ向かう馬車の中で、プッチさんはずっとおしゃべりをしている。くるくると変わる表情と大きな身振り手振りで、小柄だけどすごい存在感だ。ずっと聞き役に徹しているフレイナさんは、お姉さんというよりも、むしろお母さんみたいだ。どうもフレイナさんだけDランクで、あとの2人はEランクらしい。

「それで、ユータの召喚獣の方はどうなんだ？　荷運びできねえと、ワシらはちいと困ったことになるんだがなぁ」

ぼさぼさした頭を掻いて、ドーガさんが遠慮がちに聞いた。もっさりとした中肉中背で、髪と同じ、赤茶の髭が顔中に生えたおじさんだ。

「気になってたんだけど、そのスライムも召喚獣なんでしょ？　あ、あのさ！　まさかその子が荷運びするなんて言わないよね？」

一生懸命、台車を引っ張るモモを想像して、つい吹き出した。

「ち、違うよ！　あのね、お荷物を運ぶのは、白くて大きな犬だよ。お利口で力が強いから、とっても役に立つと思うよ！」

「大きいっつっても犬か。まあ、犬は荷運びに向いてるだろうしな、活躍してくれよ」

犬といってもシロだからね！　きっと見たらびっくりするよ。

『そもそも犬じゃないものね』

『ぼく、いっぱい活躍するよ！　任せて！』

視線を感じて顔を上げると、フレイナさんが顎に手を当てて首を捻っていた。

「白い犬と子ども……？　もしかして、あなたが白犬の配達屋さん？」

オレは驚いて目をぱちくりとさせた。ある程度知られるようになったとは思っていたけど、まさかこんな風に気付いてもらえるなんて。

「知ってるの？　うん、オレたちが白犬の配達屋さんだよ」

途端に、３人が目を見開いてオレを見た。

「えーっ！　これが噂の！　ほんっとーにちっちゃい子なんだ！」

「白い犬ってお前、ブルみてえなサイズって聞いたぞ!?」

「噂はかねがね……確か、そのチビっ子パーティも有望株だって聞いたわよ？」

きらきらした目で詰め寄られ、オレの頬は一気に紅潮した。ねえタクト、ラキ、オレたちちょっと名の知れたパーティみたいになってるよ。

目立たないようにって思うんだけど——だけど。えへっと溶け崩れる顔を止められない。

だって、オレたち結構頑張ってるんだ。

『それはそうね。そんじょそこらの子どもの努力量じゃないわ』

『俺様とモモとラピスが指導するんだから、当然だな！　主の回復もあるしな！』

なぜかみんなも誇らしげにニヨニヨとしていた。褒められるって不思議だね、ほんの些細な言葉で、こんなに沸々とやる気が漲ってくるんだもの。

「じゃあ、荷運びの心配がなくなったところで、今回の依頼を説明しておくね！　正直、チビっ子に依頼の説明なんてしたって、わっかんないんじゃないって思ってたの。でもあの配達屋さんなんだったら大丈夫よね！」

てっきり臨時パーティだから詳細は明かされないのかと思っていた。まあ、Eランクパーティに秘密にしなきゃいけないような依頼なんてないけれど。オレは乗り合い馬車に揺られながら話を聞いた。

どうやら今回の依頼はウルシッドの採取らしい。ウルシッドっていうのは樹木なんだって。それ自体は珍しくないけど、魔物のいる森で木を切って街まで持って帰る――その一連の労力やリスクに対し、料金が割に合わないことが多いらしい。

「だってさ、木よ？　木の実や草じゃないのよ！　屈強な大男のパーティでもなけりゃ、せいぜい枝を数本持って帰ることしかできないっての！」

プッチさんは、ドン、と馬車の壁を叩いて憤った。だったらその依頼を選ばなければいいのにと思ったけれど、Eランクが受けられる依頼では高収入の部類らしく、割に合わないと思いつつも見逃せないんだとか。冒険者なんて、労力と金額が見合わないことは多々あるよね。特に下のランクになればなるほど。ゴブリンの討伐なんて、その最たるものじゃないだろうか。

「でさ、考えたわけよ。臨時パーティで屈強な男子1人を呼ぶより、荷運びできる召喚士を呼べば、単純に人＋召喚獣分の労働力だし！

お得！　とプッチさんが親指と人差し指でマルを作って、ウインクした。

「だけども来たのがお前さんだったから、結局は召喚獣分の労力しかなかったけどな！」

ドーガさんが髭を撫でながら笑った。なんだかそれは戦力外通告みたいで不服だけど、間違いなくその通りなので なんとも言えない。


森付近の停留所兼休憩所に到着すると、他の冒険者たちの姿もあった。この森は比較的安全で停留所が近いため、低ランク冒険者に人気の狩り場らしい。

「こっから歩くよー！　ね、ね！　白犬の召喚獣を見せてよ！」

「プッチ、ペットじゃないのよ。無駄に呼び出して、肝心な時に魔力切れになっちゃったらどうするの。ユータくんも、スライムとはいえ、その子、ずっと召喚していたら無駄な消費にならない？」

そういえば、召喚獣は魔力を消費し続けるものだった。オレの場合、魂を共有している影響なのか、召喚し続けていても大きな魔力消費はない。そもそも、召喚してからというもの、みんなを送還した覚えがない。

『ゆーたの中にいれば、魔力は消費しないんだよ！』

『ゆうたと私たちは、半分は同じ存在みたいなものよね』

そっか、これはオレたちだけの特権。オレたちだけの特別、だね！　オレは不安げなフレイナさんを見上げてにこっと笑った。

「オレ、魔力は多いって言われてるんだ。この子くらいならずっと出していても大丈夫だよ」

「そうなの？　召喚士って、もっと魔力を使うものかと思っていたわ。便利なのねぇ。そのスライムはフラッフィーでしょう？　初めて見たの！　こんなにふわふわなのね、私にも触らせてもらえる？」

「あ！　フレイナずるい！　あたしだってガマンしてたのに！　触らせて～！」

ふわふわで柔らかなモモは、フレイナさんとプッチさんに大人気だ。隣でそわそわしているドーガさんも、触っていいんだよ？

停留所からいくらも歩かないうちに、俺たちの前には森が広がっていた。ここなら、帰りも馬車まで近くて……あれ？　帰りって馬車に木を載せられるの？

「載せてくれるわけないじゃん！　だから泊まりなのよ。帰りは歩きよ、歩き！　大丈夫、頑張れば街まで半日くらいよ」

「心配しなくても、お前さんはワシがおぶってやるぞ」

ただでさえ重量級の大剣を背負ったドーガさんが、なんでもないように言った。カッコイイな、そんな風に言えるのって。でも、シロがいるからきっと大丈夫。木にオレの重さが加わったくらい、どうってことなさそうだ。

『うん、ゆーたぐらい平気だよ！　お豆さんみたいに軽いから！』

お、お豆さん……。オレの中で頼もしく宣言してくれたシロに、なんとか笑顔を作って頷いた。――お豆、さん……。

ちなみに収穫が少なかったり、召喚獣があまり多く持ち帰れないなら、日帰り、馬車帰りの予定だったそうな。お泊まりできるかどうかは今日の成果にかかっている！　オレは目の前の森を見上げ、むん、と気合いを入れた。


「――なあに？」

さっきからチラチラと感じる視線に、きょとんと首を傾げた。ウルシッドは森の辺縁《へんえん》には生えていないので、今はずんずんと奥へ向かって森を歩いている。

「あ、いや、そのぅ。ワシらを信用してのことだったらいいけどよ、お前さん怖くねえのか？」

怖い？　３人を信用してはいるけれど、その意味をはかりかね、さらに首を傾げた。

「だーから、まだ？　まだなの？　噂の白犬ちゃんを見たいんですけどっ⁉　ってこと！」

「プッチ、そうじゃないでしょ！　ええと、もう森の中へ入ったのだけど、まだ魔力は温存しておく？　もちろん守るつもりなんだけど、ユータ君は召喚獣がいなくて大丈夫なの？」

だってまだ木も見つかってないのにどうしてシロを――あっ。

「そ、そうだね！　召喚獣がいないと危ないもんね！　じゃあ――シロ！」

「ウォウッ！」

そうだった。オレは召喚士なんだから、戦闘はシロに任せなきゃ。よかった、魔物が出てくる前に気付いて。

「な、早っ――⁉」

「えっ？　いきなり⁉」

慌てて喚《よ》び出してホッとしたところで、驚く3人の様子にしまったと天を仰いだ。そっか、呪文を忘れてた。

「――。……これがオレの召喚獣、シロだよ！　かわいいでしょう？」

「その間はなんだったの……？」

何も誤魔化す言葉を思いつかず、えへっと笑って振り返ると、フレイナさんの冷静なツッコミが入った。

「ま、まあ、召喚が早いのはすごいことよ、助かるわ。この子が白犬……大きいわね！　なるほど、力も強そうだわ」

「随分ときれいな犬だな。賢そうだ」

「かーわいいー！　おっきいけどかわいい～!!」

召喚獣なら安全と踏んだのか、それとも条件反射なのか、プッチさんがシロの胸元に飛び込んでぐりぐりと抱きしめている。

『よろしくね！　ぼく、力持ちだよ！』

にこにこ、ぱたぱたとしっぽを振ったシロに、３人は相好を崩した。よかった、わざわざ召喚獣を頼りにするくらいだから大丈夫だとは思ったけど、どうやら動物好きの人たちのようだ。

オレとシロは顔を見合わせてにっこり笑った。


「――おかしいな」

「そうね、助かるんだけど気味が悪いわね」

徐々に薄暗くなる森は、一応道があるのだけど、だんだんと凹凸が強く歩きづらくなってきた。オレの短い足では遅れを取るので、早々にシロに跨がって進んでいる。

「何がおかしいの？」

特に怪しい雰囲気は感じないし、低ランク冒険者がうろうろする森だもの、さほど危険な感じもない。ちょっと魔物はいるけれど、普通の森だ。

「まあ、ユータは森とか初めてだと分かんないかもしれないけどさ、フツーはこの辺りまで来ると、何回か魔物と遭遇してるのよね」

オレ、森にはよく入るけどその辺りは触れないでおこう。安全な方の森だから魔物が少ないんじゃないかな？　感覚の鋭い魔物だと逃げていくしね。

『そこじゃない？　普通、あなたが歩いていたら魔物は寄ってくるわよ』

『ぼく、戻った方がいい？』

あっ……。そうか、シロがいるから――。オレはだらだらと流れる汗を感じた。

「あ、あの、この辺りの魔物って小さいから、シロがいるとビックリして出てこないのかも！ただの犬だけどね、ほら、大きいから！　犬だけど！」

もしかして、道中の魔物を狩ったりする必要があったろうか。曖昧《あいまい》な笑みを浮かべて見上げると、フレイナさんがにこにことシロを撫でた。

「まあ！　確かに……この大きさだもの、それもあるかもしれないわね。なんてありがたいの！ここまで戦闘なしに来られるなんて、本当に助かるわ」

『それならよかった！　でも、ぼく犬だからね。普段からもっとしっかり犬らしくしなきゃ！』

褒められてぶんぶんと尻尾を振ったシロは、ぐっと気配を抑えた。そもそも効果があるのは敏感な魔物だけなんだけど、せっかく森に入るんだから獲物は多い方がいいに違いない。

褒められてぶんぶんとしっぽを振ったシロは、それでもぐっと気配を抑えることにしたようだ。せっかく森に入るんだもの、他の獲物だってあった方がいいに違いない。

「さあ、そろそろだ。ユータも目ぇ凝らしてな。あっちの切り株を見な、あれがウルシッドだ。ああして道の脇に生えてるやつなんか、根こそぎ刈られちまってると思うから、ちょいと中へ入るぞ」

オレが2人でなんとか腕が回るくらいの、さほど大きくもない切り株は、随分と前に伐採《ばっさい》されているようだ。特にこれといった特徴もなさそうで、探すのは難しそうだ。

「私たちみたいに木ごと持って帰れない冒険者は枝を打ってるから、それを探すと早いわよ」

「なんか妙にスッキリしてる木を探せばいいのよ！　ウルシッドじゃなくても価値アリの木だから！」

なるほど。生活の知恵みたいな探し方だ。でも、それなら誰も見つけていないウルシッドも案外あるのかもしれないね。

魔物をいなしつつしばらく道なき道を進むと、一行はやや開けた場所で荷物を下ろした。

「じゃあ、この辺りで探しましょうか。ユータくんは私の側にいてね」

「はーい！」

その時、お尻をそわそわさせていたティアがパタパタと飛び上がった。

「ピピッ！　ピッ！」

ティアが木に止まってぴこぴこと尾羽《おばね》を振っている。

「あれっ？　あった……」

思わず呟いた声に、３人が振り返った。

「どうしたの？」

優しい声に、そっとティアの止まった木を指した。

「あ、あの、あれウルシッドじゃないかなって思うんだけど……」

そういえば植物はティアの得意分野だ。この分だと――。

「ピピピッ！　ピピッ！」

ほらやっぱり！　ティ、ティア！　もういい！　もういいからー！　次々とウルシッドを探し当てようとするティアに、オレは大慌てで呼び戻した。

「えっ？　ええっ!?　もうー!?」

「で、でも、こんなに立派な木だし、枝を打ってないから違うんじゃないかしら……？」

ドーガさんが急いで根元にしゃがみ込むと、腰の手斧《ておの》で何やら調べ始めた。

「なんてことだ、本当にウルシッドだぞ!?」

ティアは当然だと言いたげに、フンス！　と鼻息荒くふんぞり返った。

「えっと、オレ、薬草見つけるの得意だから、こういうのも得意なのかも！」

3対の視線が集中する中、曖昧に笑って誤魔化してみる。だってほら、オレたちは薬草採りのパーティだから、ね？

「これがビギナーズラックってやつなのか？」

「何にせよやったー！　さっそく立派な木が見つかっちゃったよー！」

プッチさんがドーガさんの手を取って踊り出した。されるがままのドーガさんは、真面目な顔のまま、髭をなびかせてくるくると見事に回転している。慣れてるんだね……。

ウルシッドの木は、結局ティアの見つけた2本があればもう十分だそうで、3人はホクホクしながら野営の準備をしていた。でも、どうして今から野営を？

「今からだったら、夜までに街に着くんじゃない？」

なんせ、森に入ってまだそれほど時間が経ってないもの、日帰りできるんじゃないかと首を傾げた。

「うーん、このまま私たちだけで歩いて帰るなら間に合うけど、この木があるでしょ？」

このままロープでもかけて引っ張るのかと思っていたら、どうやら枝は落としてまとめ、幹はある程度の丸太に揃えて運ぶらしい。フレイナさんが木の処理をし、ドーガさんはどうやらその場にあるもので簡易なそりを作っているようだ。木を運ぶだけのことに、随分と手間がかかる。これは確かに割が合わないって言われるわけだと、妙に納得した。

「だけどさ、1日歩き回って獲物ゼロってこともあるわけでしょ、だったら木は動かないんだし、根気よく探せば大体見つかるもん！　地味だけど堅実なんだから」

「オレたちも、まずは薬草採りから堅実にランクを上げていってるんだよ」

オレは1人でテントを張るプッチさんを手伝って、ロープを引っ張ったり杭《くい》を運んだり活躍している。そこらの石でトントンとテントの杭を打っていたら、ぬっと太い手が割り込んだ。

「貸してみな」

ドスッ！　オレの手に重ねられたドーガさんの一撃で、杭はずっぽりと根元まで埋まった。まるで杭打ち機みたいだ。きゃっきゃと笑って間近な顔を見上げると、前髪と髭で大部分が隠れた顔が、ちょっと得意そうに見えた。

作業が終わる頃にはすっかり夕暮れ時となり、オレはそわそわしていた。ただ、ラキから厳しく言いつかっているので、勝手に準備を始めたりしない。ひたすらに待っている。でも……。

「――ね、ねえ、晩ごはんはどうするの？　まだ作らない？」

ついに痺れを切らして言ってしまった。だって、ひとまず火はいるだろうとたき火は準備したものの、ちっとも動きがないんだもの。夕食くらいは簡単な料理をする人が多いって聞いたのに。

「あー、もしかして食糧持ってきてない？　あたしら野営っていっても大体1泊だしさ、料理とかしてないんだ！　あたしの分けてあげるよ！」

「大丈夫、臨時パーティだもの、ユータくんの分は私が持ってるわよ」

差し出された保存食に、しょんぼりと肩を落として、慌てて首を振った。

「う、ううん。お弁当持ってきてるから」

お弁当を取り出すと、みんなを倣《なら》って丸太に腰掛けた。自分の作ったお弁当はワクワク感がないけれど、保存食よりはいい。いただきます、とやったところで、覗き込んだプッチさんが歓声を上げた。

「何コレー！　美味しそう！　かわいい～」

かわいい？　予想外の台詞に戸惑った。お弁当ってかわいいの？　なんだなんだと寄ってきた2人も、瞳を輝かせて覗き込んでいる。卵焼きに煮物、肉巻きにおひたし。自分用のお弁当に華やかさなんてカケラもないけれど、確かに保存食よりは魅力的だよね。

「じゃあ！　じゃあさ、これあげるから、ちょっとお料理してもいい？」

膝を打って立ち上がったオレに、３人はきょとんと目をしばたたかせた。

『――結局、こうなるのね～』

『いいじゃん！　美味いものが食える方が絶対いいもんな！』

――チュー助はダメなの。ラピスと一緒にお預けなの。

上機嫌で鍋を掻き混ぜるオレは、姿を隠したままで拗ねているラピスに苦笑した。ちゃんとあとで食べられるよう、みんなの分も取り分けておくからね。

漂ういい香りをいっぱいに吸い込んで、にんまりとした。存分に魔法を使えない分、色々と不便はあるけれど、やっぱり野営はこうでなきゃ、と1人悦に入る。これでこそ野営！　これぞ野営の醍醐味《だいごみ》！　そうでしょ⁉

『そうじゃないと思うわ……』

ふよふよと揺れる、モモのじっとりした視線には気付かないことにした。

「うんまー！　なんで⁉　こんな美味しいの、お手軽に作れちゃうもの⁉」

「うまいっ！」

「美味しい……！　ごめんね、私たちも食べちゃって」

だって、保存食を使わせてもらったもの、どうぞどうぞ。それに、みんなでこうして食べるから美味しいんだよ。今日のメニューは、『乾燥芋と豆の鳥団子スープ。目に付いた野草を入れて――』だよ！　ちなみに鳥は、シロが狩ってきちゃったやつだ。

徐々に冷え込んできた夜の空気に、はふはふとお団子を頰ばったお口からも湯気が立ち上った。オレはぎゅっと体を縮めると、さらにシロに体を寄せた。

『さむい？』

「ううん、あったかいよ」

そう言ったのに、シロは器用にオレを包むように丸くなって、ぺろりと頰を舐めた。

「ありがとう、もっとあったかいね」

ふふっと笑うと、鳥のお団子をしっかりふうふうやって、大きなお口に差し出した。

『おいしーい！』

一口で腹に収めたシロが、ふさふさとしっぽを振ってにぱっと笑った。舐められた頰が外気に触れてひやひやしてきたけれど、体はぬくぬくと温かかった。

＊＊＊＊

――ヒック、ふぐっ――ううっ。

少女は、自分から漏れる情けない音を押し殺しながら森を走った。すぐに滲んでくる視界を擦っては走った。早く、早く、誰か見つけなきゃ。恐怖よりも焦りを前に押し出して、たった1人、必死に足を動かした。

「うっ……！」

どさっと鈍い音と共に、派手に転んだ。沈み始めた日は、あっという間に視界を奪っていく。暗い、暗いよ。もし、もし森を出る前に真っ暗になったら……。一寸先も見えない森で、夜明けまで生きていられるのだろうか。徐々に勝ってくる恐怖に気付かないふりをして、泥だらけになった顔を拭った。でも、私しかいないんだもの。

こんなはずじゃなかった。ちょっと今日は普段より奥まで行って、ただそれだけで帰ってくるはずだった。そのくらい、許されたはずの冒険だったのに。疲労と恐怖で震える足を踏ん張って立ち上がった時、ふと、場違いな香りが鼻を掠めた。朝から何も口にしていなかった体が、途端に脱力しそうになる。

食べ物の匂い……もしかして、人がいる⁉　期待に胸を高鳴らせながら、少女はそれでも用心深く香りを辿った。森にいるのは冒険者ばかりじゃない。盗賊なんかに見つかれば、魔物より恐ろしいことになるかもしれない。

「あ……！」

ついに見つけた明かりは、暗い森の中で唯一の希望のように輝いて見えた。

＊＊＊＊＊

ふっと手の中が軽くなって、ぼんやりと目を開けた。

「起こしたか、悪いな。そこはあったかいだろうけどよ、テントに入って休みな？　そいつが送還されたらどうすんだ。ほら、運んでやろうか」

ドーガさんが、オレが抱えていた椀を取り上げて、目の前に立っていた。いつの間にか、うとうとしていたらしい。

「ううん、オレも見張りするよ。いつがいいかな？」

「気持ちは嬉しいがよ、俺はお前さんの見張りで眠れる気がしねえわ」

申し訳なさそうに頭を掻いたドーガさんに、無理もないと思いつつ、少ししょんぼりとする。

『そりゃそうだ。主の見張りほど信用が置けないものはないぜ！』

『起きていられたら優秀な見張りなんだけどねえ』

ねえ、こういう時はもうちょっと慰めてくれるものじゃない!?　むすっとへの字口で身を起こすと、いつの間にかかけられていた毛布が滑った。

「さあ、ユータくんはもう寝なさい？　明日も早いわよ。見張りはいつも私たちがしてるんだから、安心して休んでね」

「子どもは寝る時間ってね！」

どうやら3人はまだ起きているようだ。剣の手入れをするフレイナさんにひたすらプッチさんが話しかけ、ドーガさんはまたスープをお代わりしていた。まだ宵《よい》の口だもの、寝ちゃうのは勿体ない。オレももう少し起きていようと思ったけれど、温かいシロに包まれたらそうもいかないようだ。再びうとうとしそうになった時、シロがそっと鼻でつついた。

『ねえゆーた、森の中に子どもがいるのは普通？　迷子かな？』

「日が暮れてから、子どもはいないと思うよ？　ゴブリンじゃない？」

『ふふっ、ぼくゴブリンと人を間違えないよ！　匂いが全然違うよ？　それならまだ虫と人の方が似てるよ！』

え、人の匂いって虫と似てるの……？　若干衝撃を受けつつ、ごしごしと目を擦って眠気を払うと、オレもレーダーを広げた。子どもの冒険者だっているのだから、森にいてもおかしくはないけど、時間帯が変だ。子どもがわざわざ森の中で野営をするだろうか。

「あ、ホントだ。こっちに来るね、1人……どうしたんだろう？」

オレのレーダーでは子どもかどうかは分からないけど、人には違いなさそうだ。まさかちょっとお醤油《しょうゆ》を借りにってわけじゃないだろうけど、魔物に追いかけられている様子でもない。

子どもはすぐ側まで来たものの、じっと身を隠して出てこようとしない。オレはゆっくりと身を起こして藪の中を見つめた。

「ユータくん、どうしたの？　何かいた？」

「えーと、うん。――ねえ、どうしたの？」

まさか見つかっているとは思わなかったのか、ガサガサと激しく藪が揺れた。さりげなくフレイナさんがオレの前に回り、３人が武器に手をやったのが見えた。

「あ、大丈夫……だと思うよ。子どもなの」

「はぁ？　子ども？」

構えた武器はそのままに、ドーガさんが素っ頓狂《とんきょう》な声を上げた。

「うん、子どもだよ。どうしたの、オレたちは冒険者だよ、何かご用事？」

オレが前に出た方が安心するだろうかと、スッと3人の足をすり抜けて声をかけた。

「――助けて！　おねがい……!!」

直後、唐突に藪から飛び出してきたのは、ボロボロの女の子だった。オレたちを見た途端、地べたにへたり込んでしまった。

「ど、どうしたの!?　どうしてこんな夜の森に!?」

「大丈夫か⁉　魔物か⁉」

少女に駆け寄るのでなく、サッと周囲を警戒するところはさすがだ。

「大丈夫、ここは大丈夫よ。落ち着いて、何があったの？」

フレイナさんが毛布で女の子を包んで抱きしめた。10歳前後だろうか、抱っこする年ではないけど、確かな人の温もりに、緊張の糸が切れたようだ。わあわあと涙を溢れさせると、呼吸もままならないほどに大きくしゃくり上げた。

「なか、ま、仲間が……っ！　5人、まだ、森の、奥にっ……！　おね、おねがいぃぃ‼」

フレイナさんがぐっと眉をしかめた。ちらりと3人が視線を交わし合って、ついっとオレに視線を滑らせた。助けに行きたい、そんな気配を感じてオレはにっこりと笑った。

「オレは、一緒に行けるし、待つこともできる。気にしないで」

だって、オレだって冒険者だよ。

「で、でも！　……いいわ、ひとまず話を聞きましょう、対処できるかどうかはそれからね」

「じ、時間がないの！　はやく、案内するから！」

泣きじゃくりながら、それでも少女はフレイナさんの手を引いた。

「いいえ、場所を教えて。森の奥には危険な場所もあるわ」

決して動かないフレイナさんに、少女は肩を落として拳を握った。

「ね、ね、どこなの？　場所が分からない？　急ぐんでしょう？　どうしてあなただけが来たの？」

じれったいとばかりにプッチさんが言いつのった。

「――グーラの、谷……」

ぼそりと呟かれた言葉に、３人が絶句した。

「い、行ったんじゃないわ！　谷なんかに降りるつもりなかったの！　橋が！　橋が崩れたの！　でも、崖の途中にいるから！　まだ大丈夫なの！　ねえ、大人でしょ？　助けに、行ってくれるんだよね……？」

尻すぼみになった声は、闇の中に震えて消えていった。俯いた少女は、ごしごしと袖で顔を拭うと、黙って歩き出した。

「どこ行くの？　危ないよ！」

慌てて伸ばしたオレの手を振り払って、少女は顔を歪めた。

「助けを、呼ばなきゃいけないの！　みんなが、待ってるの！」

「行かんとは、言ってない」

難しい顔をしたドーガさんが振り返った。どうやら３人の方針は決まったようだ。

「じゃ、じゃあ！　すぐに案内するわ！」

パッと顔を輝かせた少女に、フレイナさんが首を振った。

「いいえ、あなたとユータくんはここに残りなさい。谷へ行くよりはマシよ」

「でも！　私――」

「足手まといだから、残りなさい」

厳しい口調に、少女は俯いて頷いた。グーラの谷は、そんなに危険なんだろうか。フレイナさんたちで対処は可能って判断なんだよね？

「大丈夫よ！　シロちゃんもいるし、ここには魔物除けがあるんだから、ね！　ねえシロちゃん、お願いね！」

「もし魔物が寄ってくるようだったら、シロに乗って逃げろ。できるな？　何もかも全部置いて逃げるんだぞ。いざという時、持って帰れるのは命だけだ」

2人がオレの肩に手を置いて言った。

「オレは大丈夫。3人はどうなの？　大丈夫なの？　危ないんじゃないの？」

「グーラの谷にはムスムスがいる。大丈夫、弱い魔物だ。危険はあるが、不可能なことはしない。心配するな」

ドーガさんがぽんぽんとオレの頭を撫でた。

「グーラの谷の橋付近ね。私たちはいつ戻れるか分からないわ、夜が明けたらシロに乗って街道まで出ること。馬車に乗って街まで帰るのよ。その時はユータくん、ギルドへ報告をお願いするわ」

できるわね、とフレイナさんがオレを見つめた。できるよ、できるけど。

３人の大人がいなくなると、急に周囲の森が迫ってくるような気がした。テントの周囲ってこんなに狭かっただろうか。火の側で縮こまる少女に目を向けて、オレはきゅっと口を結んだ。

「――食べる？」

差し出した椀に、少女はハッとしてこちらを向いた。

「いらないわ、ありがとう」

どう見ても腹ぺこだろうに、頑《かたく》なに断ってそっぽを向いた。ただ揺れる炎を睨みつけて座る彼女に、少し距離を空けてオレも座った。

「すぐに襲われない場所にいるんでしょう？　きっと、間に合うよ」

「ええ……」

少女は、見つめるオレの視線に瞳を揺らすと、スッと目を逸らした。

「オレはユータっていうの。君はなんていう名前？」

「モイラ……。ねえ、あなたは――その、あの人たちの兄弟か何かなの？」

どうしてそんなことを？　違うと答えると、モイラは少しホッとしたようだった。

「ムスムスって、オレたちFランクじゃ勝てない魔物なの？」

何気なく聞いた言葉に、モイラの肩が大きく跳ねた。

「そ、そんなことない！　武器がなくたって勝てるようなやつよ。頭は悪いし感覚も鈍い、大きさもあなたの腰までくらいしかないの。ネズミ顔のゴブリンみたいなものよ、Fランクで十分！」

急に早口でまくし立てたモイラに、少し眉をひそめた。なら、どうしてそんなに必死に助けを？　オレの視線から逃れるようにそっぽを向いたモイラは、じっと炎を見つめて押し黙っていた。

――ユータ、多分着いたの。子どもって壁にいる人なの？　みんな生きてるの。

念のためにお願いしていたラピス通信が届いた。がばりと顔を上げ、ほっと息を吐く。

『よかった……。３人はどう？　問題なく帰ってこられそう？　ムスムスっていう小さい魔物がいるらしいんだ』

――３人も生きてるの。でも、帰るのはけっこう難しいと思うの。

『えっ？』

ラピスのなんでもないような台詞に、思わず耳を疑った。

＊＊＊＊＊

「プッチ、今からでもあなたは戻った方がいいわ。ユータくんたちを守る人も必要だし」

「そんなこと言って、あたしがいなきゃ明かりもままならないでしょ！　ユータくんにはシロちゃんがいるから、あたしより頼りになるって！」

ほんのりと杖に明かりを灯らせ、プッチはパッと笑った。大丈夫、途中で引っかかっているなら、上から引っ張り上げればいい。谷へ降りる必要はないのだから。

「これは――」

現場に辿り着いた3人は顔色を悪くした。橋は、支柱のあった場所から完全に崩れ落ちていた。かろうじて残っていた残骸《ざんがい》に掴まって滑り落ちたのだろう、崖下の張り出した部分に、残骸と共に蹲る人影が見えた。さらに下に、ちらほらと蠢く小さな生き物。

「遠すぎる……！　これじゃ、上からなんて……」

「ええ、それに、下に近すぎる」

フレイナは目を閉じて息を吐いた。

「降りるしか、ないわ」

ムスムスは夜行性だ。活動が活発になるまであとわずか、そうすればあっという間に子どもたちは見つかってしまうだろう。今、生きている子どもたちの姿を目にして、フレイナたちはどうしても見捨てて逃げることはできなかった。

「幸い、谷降り道は近いわ。数が増える前に通り抜けるしかない——今、すぐよ」

滑り降りるように細い谷降り道を駆け降り、３人は息を殺して谷を走った。完全に日の沈んだ森が黒く塗り潰される一方、谷へは月明かりが届き始めた。

「あなたたち！　早く降りてきて!!　急いで！」

「誰……!?　だって、だって、ムスムスが……！」

「今降りなきゃ、全員ムスムスのごはんになるわよ！」

子どもたちが引っかかっていた場所は、谷底からほんの3メートルほどの高さしかなかった。いくら相手がムスムスでも、さすがに気付かれてしまう。

「!!」

ふらり、まるでよろめくように駆け寄ってきた小さな影を、フレイナの剣が素早く斬り伏せた。

キィーイ、ヒィーーィ

まるで鼻を鳴らすような音が、方々から聞こえ始める。

「死にてえのか!!」

大剣を足場に崖を駆け上がったドーガが、子どもをまとめて引っつかんで滑り降りた。怪我をしているようだが、動けないほどではなさそうだ。

「ヒッ！」

子どもの悲鳴と同時に、ヨタヨタと駆け寄ってきたムスムスを蹴り飛ばす。

「お前たちも冒険者だろうが！　戦えねえのか！」

「急いで！　谷降り道まで行ければ……！」

フレイナがまた剣を振った。もはや静かにしている意味もない。次々と集まってくる小さな影を振り払いながら、３人は必死に移動を試みた。

「無理だよ……!!　武器もないし、だって、だってこんなに！」

暗闇の中、周囲はこちらを向いて瞬く小さな丸い光でいっぱいだった。まるで置かれた餌にでも向かうような調子で、ムスムスは何の気負いもなく駆け寄ってくる。３匹、６匹、10匹、30匹……!!　ついにその場から動くことも敵わなくなった一行は、歯を食いしばって谷降り道を睨んだ。あと、ほんの少しなのに……！

「あっ……」

他を庇って1人で大半のムスムスを相手取っていたフレイナが、折り重なるムスムスの骸《むくろ》に足を取られた。Ｄランクの圧がなくなった途端、ドーガとプッチにムスムスの牙が及ぶ。

「きゃあー！」

「プッチ！　ワシの後ろへ！」

方々にムスムスをぶら下げながら、ドーガは必死に大剣を振った。

「（ごめん……）」

フレイナは、視界を埋めるようなムスムスに覆われ、及ばぬ力に歯噛みした。引き倒されて目を閉じる瞬間、夜空には大きな月が見えた。

「え……」

プッチは、まさに群れに呑まれようとした時、その勢いが弱まったのを感じた。今飛びかからんとしていたムスムスが、目玉をぎろぎろとさせて周囲を窺う。

「なん、だ……？」

激しく肩を上下させたドーガの視界に、月の光が走った。

タン、トン……

ムスムスで溢れ返る谷底に、まるで場違いな生き物が優雅に降り立った。見覚えのあるはずの獣は、見覚えのない雰囲気を纏って静かに3人を視界に収めた。

月光を浴びて凜《りん》と立つ神狼に、ムスムスたちが一斉に警戒音を発して姿勢を低くする。まるでかしずくような群れを水色の瞳が睥睨《へいげい》し、白銀の狼は大きく息を吸い込んだ。

胸元をたっぷりと膨らませ、四肢を踏ん張ると、鼻面を天へと向け、目を閉じる。

――アオオォーーーン……

ビリビリと、空気が震えた。さながら見えない光が押し寄せるように、その場にいた者を何かが貫いていった。

――我、ここに在り――。圧倒的な存在を知らしめる声に、卑しい小物たちは一瞬の硬直のあと、一斉に反転した。こけつまろびつ、仲間を踏みつけ、我先にと逃げた。とにかく、あの目の届かぬところへ。

「助かっ……た？」

ドーガは、どさりと座り込んだ。

「は、はは。ウソ……」

振り返れば、プッチも、子どもたちも生きている。あとは――。

「フレイナ!?」

横たわったフレイナに、２人は顔色を変えて駆け寄った。

「大丈夫、大丈夫よ」

慌てて身を起こしたフレイナが2人に手を挙げると、月光を背負って立つ救世主を仰ぎ見た。

「ユータくん……嘘ついたわね」

フレイナは、こみ上げてくる笑みを堪え切れずに笑った。

＊＊＊＊＊

『ラピス!?　どういうこと！　帰るのは難しいって』

――小さいけど、魔物はいっぱいいるの。谷いっぱいにいるの。助けるの？

『もちろんだよ！　お願い!!』

――分かったの！　でも、ちょっとちまちましてて難しいの。だから、何人か減っても許して欲しいの！

ラピス!?　――じゃあね、と通信を切ろうとするラピスを慌てて止めた。ただし、どうしても間に合わない時はお願い、と頼んで。

「シロ、お願い！　急いで!!」

『うん、ぼく速いから大丈夫！』

言うなり、シロは閃光となって消えた。

「えっ⁉　あの犬は？」

突如シロが消え、ますます強くなった森の圧に、モイラの瞳が不安に揺れた。

「3人を助けに行ったよ。ドーラの谷は、ムスムスの巣なんだね」

モイラは目を見開いてオレを見て、そして俯いた。

「知ってたの⁉　……ごめんなさい。ごめんなさい！」

せっかく止まっていた涙が、またぼたぼたと溢れた。3人は、知った上で行ってるから、オレにとやかく言う権利はない。だけど、教えてくれたらもっと手助けができたのに。オレはそっと唇を噛んだ。――ううん、オレがちゃんと言わなかったからだ。もし、シロがフェンリルだと知っていたら、もし、シールドを張れると知っていたら。

『主ぃ、冒険者が手の内を隠すのは当たり前だぞ？　聞かないし、言わないのがルールってもんだろ？』

チュー助はそう言って、オレの頬をぺちぺちと叩いた。そうかもしれないけど、そうじゃないかもしれない。

オレは眉根を寄せたまま、トンと1歩下がると、両の短剣を抜き放った。

「なっ⁉　えっ⁉」

どさりと落ちた大きな蛇《へび》に、モイラが驚愕の視線で口をパクパクとさせた。シロがいなくなって、大人もいない。魔物除け程度では、オレたちっていう極上の餌の魅力に勝てなくなってきたようだ。

「きゃーっ！」

藪の中から飛び出したゴブリンが、たき火を蹴散らしてモイラに手を伸ばした。

「大丈夫？」

ゴブリンくらいなら、平気。瞬時に斬り伏せたオレの後ろで、モイラが前を見て息を呑むのが分かった。蛇も魔物も、いつもの食料だ。食べるのは、オレだよ！

「丸焼き！」

下処理も何もしてないから勿体ないけど、そんなこと言ってたらオレたちがごはんになってしまう。森の中からじりじりと迫ってきた小型の魔物たちを、まとめてミディアムに仕上げると、振り返って手を差し出した。

「ここにいても魔物が来るよ。一緒に、迎えに行こっか」

「あなた、一体……？」

火も消えようとする野営地で、モイラの震える手は、なんとかオレの小さな手を掴んだ。

＊＊＊＊

「シロちゃん、シロちゃん……ありがとう！　ありがとぅ～～」

「泣くのは帰ってからにしろ！　まだ森の中だぞ！」

『そうだよ～ぼく、これじゃ戦えないから気を付けてね』

シロは、３人には聞こえないと知りつつ、そう言って困った顔をした。

「ごめんね、そんなに乗せてもらって。あなたを襲うような魔物はいないとは思うんだけど、戦闘になったら困るわよね」

少しびっこを引いたフレイナは、申し訳なさそうにシロを撫でた。

『ぼくは襲われないし、襲われたって大丈夫だけど、お姉さんたちが大丈夫じゃないと思うよ』

淡いブルーの瞳を曇らせて、シロはそっとしっぽを振った。でも、ユータがいるからきっと大丈夫。シロは背中にみっちりと5人の子どもを乗せ、今度は大きくしっぽを振った。

「うう、まだかかる？　こんなに遠かったっけ。もう明かりも持ちそうにないよ」

杖を支えに歩くプッチがよろめいた。

「なら消しておけ、１本なら持ってきてるぞ」

ドーガが懐から魔道具の松明を取り出すと、プッチが安堵して明かりを消した。

「危ないっ！」

明かりの魔法と魔道具の切り替わる一瞬の隙に、飛び出してきた魔物をフレイナが斬り伏せる。

「っつぅ――！」

魔物は斬ったものの、カラリと剣を取り落としてしまった。

「大丈夫⁉　痛むの？」

駆け寄ったプッチに、フレイナは微笑んで手を振った。

「大丈夫、ちょっと反応が遅くて刃がうまく立てられなく――」

フレイナが目を見開き、プッチが振り返った。ドーガが魔道具を投げ捨てて大剣に手をやった。間に合わない――目の前に迫る牙に、プッチは妙に冷静だった。大丈夫、死にはしない。致命傷を避ければいい。シロの穏やかな瞳がプッチを見て、にこっと笑った。

庇った両腕の隙間から、生臭い吐息まで感じる気がした、その時。割り込むように横合いから飛び出した小さな影が、くるりと回転した。

「えっ？」

魔物が、悲鳴と共にもんどり打って転がった。

「……え？　え？　ユータ、くん？」

プッチは大きな目を何度も擦って、目の前の小さな人物を眺めた。

「うん、オレだよ。迎えに来たよ！」

にっこりと笑った小さな小さな冒険者に、なぜだか大きな安堵を感じて、プッチはぽかんと口を開けた。

＊＊＊＊＊

オレの後ろから駆け寄ったモイラが、仲間と抱き合って大泣きしている。疲れた表情だった仲間たちも、徐々に実感が湧いてきたのだろうか、まるで火が移っていくように次々泣き出していた。

オレはちょっと苦笑して3人を見上げた。ねえ、そんなに目を擦らなくてもいいんじゃない？　どこか呆然とした3人は、目を瞬かせてオレを見つめ返した。――みんな、怪我してる。

「ごめんね、オレが、ちゃんと言っていれば……」

ぐっと拳を握って俯くと、一度目を閉じて、顔を上げた。

「まだ言ってないことはたくさんあるんだけど――」

にこっと微笑むと、ふんわりと回復魔法を発動させる。

「こういうことは、できるんだよ。ごめんなさい、何も伝えてなくて」

「傷が……？」

「すご……あったかい」

「ユータくん、あなた、一体……？」

それ、さっきも言われた気がする。オレ、別に怖いものじゃないよ。

「オレは、Ｆランク冒険者のユータだよ」

そう言ってそっと微笑むと、前を向いた。

「じゃあ戻ろっか！　オレ、みんなを守るよ。モイラたちもいるし、テントに着いたらオ……えっとシロたちが見張りするから、ゆっくり休んで！」

任せて、と元気に歩き出した体が、ふわっと浮いた。

「ユータくん、ありがとう。本当に、本当に」

ギルドを出た時と同じように抱き上げられて、オレは目をしばたたかせた。固い胸当ては随分とささくれていて、押しつけられた体が痛かった。

「悪かったな、お前さんの出る幕じゃなかったのにな」

「ごめんね、でも、ありがとう！」

かけられる言葉はどれも温かくオレに突き刺さった。きゅうっと痛くなる喉を堪えると、抱えられたまま、唇を真一文字に引き結んだ。

◆◇◆◇◆

「そうか、お前のおかげで全員無事に帰れたんだな。大したもんじゃねえか」

大きな手が、わしわしと頭を撫でた。ソファーにだらしなく寝転がった大きな体は、格好のベッドだ。

「うん、よかった。あのね、色んな話を聞いたんだよ。プッチさんの弟の話とか、Eランクのお仕事のこととか。あとね、ドーガさんが実は20歳だったとか」

もしかしたら、それが今回一番の驚きだったかもしれない。くすくすと笑ったオレを、カロルス様がまた手探りで撫でた。

「いいパーティだったんだな。今回、不可抗力の事件はあったが、何も問題はなさそうじゃねえか」

ぐいと頭を上げたカロルス様が、ブルーの瞳でじっとオレを見た。なのに、どうしたんだ？そう言っているような気がした。やっぱり、分かっちゃうかな。べったりとカロルス様の上へうつ伏せると、目を閉じて大きく息を吸い込んだ。安心する、お日様の匂い。潤みそうになる瞳に気を付けて、努めて平坦な声で話をする。

「あのね、みんなありがとうって言ってくれたんだ。オレがちゃんと言わなかったから怪我したのに。怪我どころか、もしかしたら――」

オレはもう一度息を吸い込んだ。温かな体温がお腹側からじんわりと染み込んで、指先から冷えていきそうなオレを温めた。

「どうしたらよかったのか、分からない」

小さく絞り出した声に、カロルス様は黙って重たい腕をオレに載せた。まるで、このまま逃げないようにと捕まえられたみたいだ。

「お前は、なんでもよく考えるな。そんなちっせえ体でよ」

寝かしつけるように、とん、とんと叩かれるリズムが心地いい。眠っている時と同じほど無防備に、オレはわずかに意識だけをカロルス様に向ける。頬をつけてぼんやりと眺めた広い胸が、ゆっくりと上下するのが嬉しかった。

「ううん、そうじゃなくて。あのね――オレ、ただ嫌われたくないだけだったのかもしれないって、そう思って」

身を守るために隠す、オレに繋がる人たちを守るために、隠す。それは必要だと思っていた。だけど、本当の気持ちはそうじゃなかったかもしれない。それは随分と身勝手で、醜《みにく》い。だって、ほら、今もこんなに緊張している。いつの間にか強ばらせていた全身に、オレは失望を隠せなかった。

「本当に、お前は余計なことをよく考える」

重い両腕がオレを包むように抱え込み、チクチクとした顎を額に感じた。くっくっと微かに震える体に、どうして笑っているのかと、もそもそ腕を抜け出そうとした。

「別に、いいじゃねえか。そう考えてたって。考えが何個あったところで、他の考えは消えやしねえよ。グレイを見てみろよ、多分１００個ぐらい色んなこと考えてるぞ。きっと、極悪人が裸足で逃げるようなことも考えてるぞ」

緩められた腕から顔を上げると、カロルス様はぬいぐるみのように少し持ち上げて、オレと目を合わせた。にやっと笑った顔が、探るようにオレを覗き込む。

「お前は、グレイが１００個考えてる中のひとつだけが、あいつの本当の考えだと思うのかよ」

オレはハッと目を見開いた。

「お前が取れる行動はひとつだ。だけど、考えも思いもひとつじゃねえよ、ゴーレムじゃねえんだから。オレだって３つや４つぐらい考えてるぞ。探せば10個ぐらいはあるだろ」

探さないとないの？　ふわっと笑ったオレに、カロルス様も笑った。

「あのな、何をどうしてもお前は後悔するぞ。何かあった時にな」

いいことを教えてやる、とカロルス様がオレごと起き上がった。額がぶつかるほどに近く顔を寄せると、低い声で囁いた。

「お前の選んだ方法は、いつも最善だ。そうなってんだよ」

きょとんと首を傾げると、カロルス様はいつもの顔でにやっと笑った。

「例え別の選択がよかったように思えても、思いもよらないとんでもないことが起こっていたかもしれないだろ。今ここに未来があるなら、それが最善だ」

とんでもないことって？　尋ねると、カロルス様はスッと視線を外して言った。ドラゴンが出現するとか、世界が終わるとか、なんて。

そんな、乱暴な。オレはクスクスと笑った。でも、確かに分からない。もしかしたらヒトは、自然と最善を選ぶようにできているのかもしれない。そんなこと、誰にも分からないし、そうじゃないって言うこともできない。

「いつでも言えよ、言ってやるから。お前が選んだのは、選択肢の中で一番いい結果になるものだ」

まるで運命の神様のように言い切ったカロルス様に、オレは笑った。悲しくも辛くもないのに、ほろほろと涙が溢れて、笑った。

あとがき

ユータ：もふしら6巻を手にとっていただいて、ありがとうございます！　オレ、もう2年生なんだよ！　ほら、大きくなったでしょう？
モモ：まあ、大きくはなってるわよ。比較対象たちがもっと早く大きくなるだけで。
ユータ：うっ……だって、（この世界の人たち）みんな成長早すぎるよ……。
エリーシャ：ユータちゃんはそれでいいの！　それはユータちゃんの良いところよ！
マリー：そうです！　それがいいのです、勿体ないですから！
セデス：一体何が勿体ないんだか。それにしても、今回は色々あったね。随分戦闘が多かったんじゃない？　おつかれ様だったね。
カロルス：どうだ、俺は格好良かったろう？
ユータ：うん、とっても！　エリーシャ様やマリーさんも凄かった！　執事さんも、あ、スモークさんも格好良かったよ。
グレイ：それはありがとうございます。ほら、褒めてもらったんだから拗ねずに。
スモーク：拗ねてねえわ!!　それにアレは褒めてねえ！　野郎、とって付けたように……。
ユータ：スモークさん、あのね、あの時来てくれて本当に安心したんだよ。嬉しかった。

スモーク：………。
カロルス：照れるな照れるな。顔が凶悪になってるぞ。
スモーク：うるせーー!!（転移！）
ユータ：もちろん、ルーも格好良かったよ！　それに、本当にビックリしたよ。
ルー：嘘つけ、てめーちっとも驚いてなかったろうが。
ラピス：だからルーは嬉しかったの。ちゃんとそう言うといいの。
ユータ：――あああ！　ちょっと！　２人ともこんなところで暴れないでー！

今回は外伝ではなく本編に新たな章を追加させていただきました。いろんな大切なことをちりばめたお話です。どれかひとつでも、誰かの役に立つと良いなと思います。

選択が合っていたのか間違っていたのかなんて、まさに神のみぞ知る。だったら、それが例えどんな結果であっても、ただ後悔を抱き続けるより、カロルスのように考える方が建設的なのかもしれません。もちろん、反省や振り返りは必要として。

最後になりましたが、いつも素晴らしいイラストを描いて下さる戸部　淑先生、そして関わっていただいた皆様へ、心から感謝申し上げます。

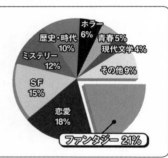

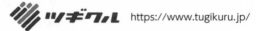

追放
悪役令嬢の旦那様
著／古森きり
イラスト／ゆき哉
1~2
マンガPark
「マンガPark」（白泉社）で
©HAKUSENSHA
コミカライズ
好評連載中！
謎持ち悪役令嬢
第4回ツギクル小説大賞
大賞受賞作
規格外の旦那様と辺境ライフはじめます!!!
卒業パーティーで王太子アレファルドは、
自身の婚約者であるエラーナを突き飛ばす。
その場で婚約破棄された彼女へ手を差し伸べたのが運の尽き。
翌日には彼女と共に国外追放＆諸事情により交際0日結婚。
追放先の隣国で、のんびり牧場スローライフ！
……と、思ったけれど、どうやら彼女はちょっと変わった裏事情持ちらしい。
これは、そんな彼女の夫になった、ちょっと不運で最高に幸福な俺の話。
本体価格1,200円＋税
ISBN978-4-8156-0356-4
ツギクルブックス
https://books.tugikuru.jp/

普通職の異世界スローライフ
~チート(があるくせに小者)な薬剤師の無双(しない)物語~
1~2
著 仏よも
イラスト やまかわ
KADOKAWA「Comic Walker」にて
コミカライズ予定!
貴族になって戦いたくないので(小者?)
薬を作ります!
神城大輔(36歳)は製薬会社のルート営業先の学校で、
突如、異世界召喚に巻き込まれる。気づくと、目の前には
謝罪する女神がいて、実は巻き込まれ召喚であったことが判明。
お詫びとして特別待遇を受けられると聞き、
彼が選んだ職は憧れだった「薬剤師」。
どこにでもいる普通の社会人である神城は、
激しい冒険生活など求めない。それぞれの思惑が渦巻く異世界で、
果たして平和な日常生活を送ることができるのか?
普通(じゃない)スローライフ(しない)異世界ファンタジー
本体価格1,200円+税　ISBN978-4-8156-0589-6
ツギクルブックス
https://books.tugikuru.jp/

聖女にしか育てられない『乙女の百合』を見事咲かせたエルヴィラに対して、若き王、
アレキサンデルは突然、「お前が育てていた『乙女の百合』は偽物だった！　この偽聖女め！」

と言い放つ。同時に婚約破棄が言い渡され、新しい聖女の補佐を命ぜられた。

偽聖女として飼い殺しにされるのは、まっぴらごめん。

隣国の皇太子に誘われて、エルヴィラは国外に逃亡することを決意。

一方、エルヴィラがいなくなった国内では、次々と災害が起こり——


逃亡した聖女と恋愛奥手な皇太子による異世界隣国ロマンスが、今はじまる！

本体価格1,200円＋税　ISBN978-4-8156-0692-3

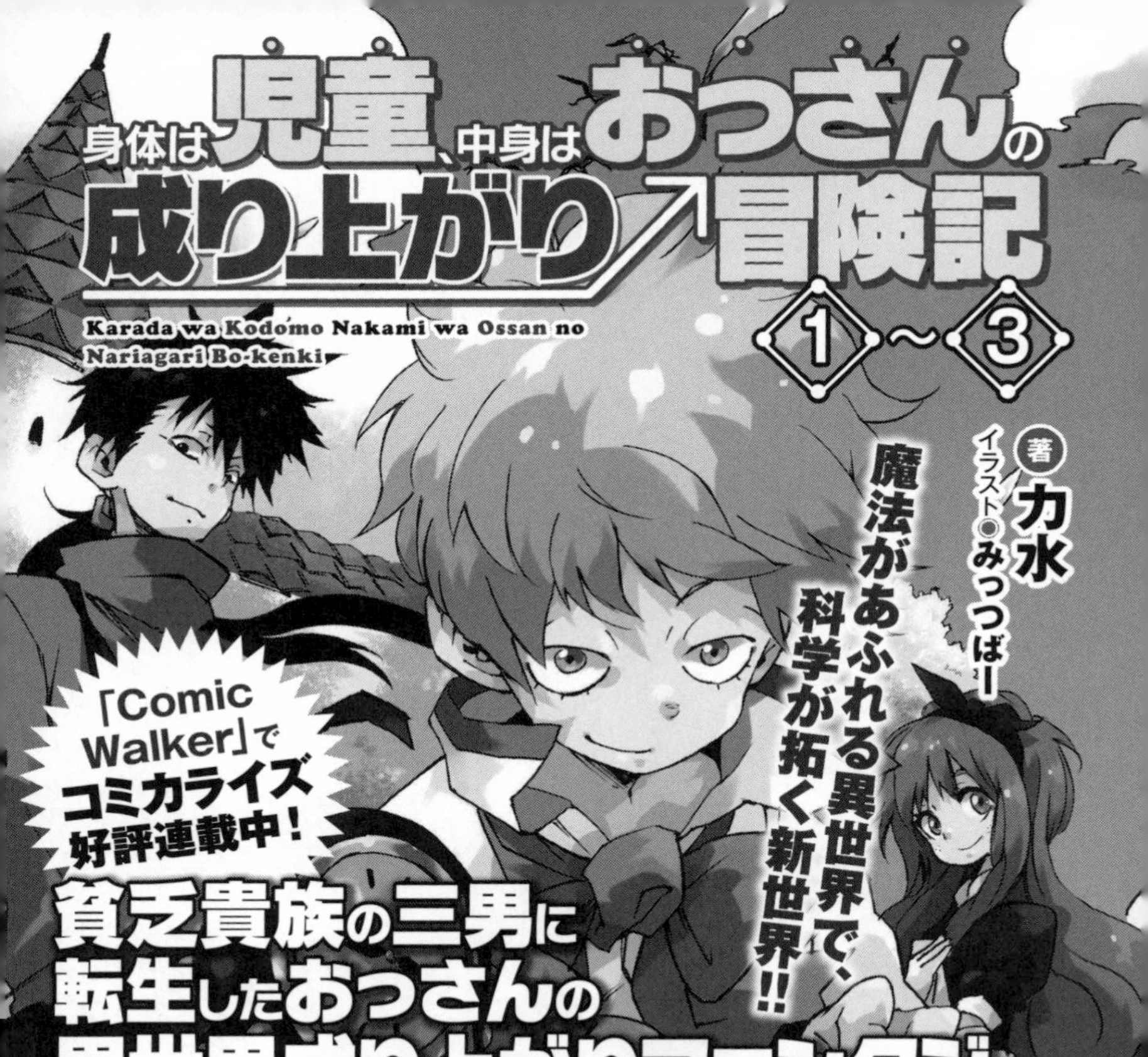

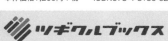

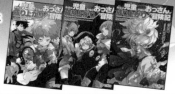

ツギクルブックス

愛読者アンケートに回答してカバーイラストをダウンロード！

愛読者アンケートや本書に関するご意見、ひつじのはね先生、戸部淑先生へのファンレターは、下記のURLまたは右のQRコードよりアクセスしてください。

アンケートにご回答いただくとカバーイラストの画像データがダウンロードできますので、壁紙などでご使用ください。

https://books.tugikuru.jp/q/202101/mofushira6.html

本書は、「小説家になろう」（https://syosetu.com/）に掲載された作品を加筆・改稿のうえ書籍化したものです。

もふもふを知《し》らなかったら
人生《じんせい》の半分《はんぶん》は無駄《むだ》にしていた6

2021年1月25日　初版第1刷発行

著者　ひつじのはね

発行人　宇草 亮
発行所　ツギクル株式会社
〒106-0032　東京都港区六本木2-4-5
TEL 03-5549-1184
発売元　SBクリエイティブ株式会社
〒106-0032　東京都港区六本木2-4-5
TEL 03-5549-1201

イラスト　戸部淑
装丁　AFTERGLOW

印刷・製本　中央精版印刷株式会社

定価はカバーに表示してあります。

乱丁本、落丁本はお取り替えいたします。

ISBN978-4-8156-0696-1
Printed in Japan